# écriture　新人作家・杉浦李奈の推論



松岡圭祐

角川文庫
22877

目次

# 1

二十三歳になる杉浦李奈《すぎうらりな》にとって、講談社の社屋は宮殿のごとく豪華すぎた。ライトミステリを三冊だしただけという実績が、心細さに拍車をかける。とても小説家を名乗れたものではない。

音羽《おとわ》二丁目、東京メトロ護国寺《ごこくじ》駅の階段を上った先、あまりに巨大な西洋古典建築に度肝を抜かれること三十分。李奈は隣接するビルの高層階、ホテルのスイートルームにそっくりの、煌《きら》びやかな室内にいた。

高い天井から吊《つ》り下がるシャンデリア。広々としたフローリング、高価そうな調度品、窓枠を彩るカーテンの繊細な縫製。ガラスの向こうには、春の陽射しが降り注ぐ都心が見下ろせる。きけば江戸川乱歩《えどがわらんぽ》賞の贈呈式は、この部屋でおこなわれるらしい。

ピアノ発表会のような一張羅、母から譲られたロングワンピースで、この場に臨んだ自分を悔やむ。格式高い空間のなかでは、自分の安っぽさがひどく際立つ。無理をしてでも真新しいドレスをレンタルするべきだった。

いったい本を何億冊売れば、こんな社屋を維持できるのだろう。この部屋の清掃だけでも、バイト代に換算すると……。

女の声が呼んだ。「杉浦さん」

「えっ」李奈はあわてて振りかえった。「あ。はい」

講談社の女性文芸編集者が穏やかにいった。「岩崎《いわさき》さんがお越しですよ」

李奈は観音開きのドアに目を移した。開放されたドアの前に、痩身《そうしん》のスーツが立っている。李奈は思わず息を吞《の》んだ。

四十一歳という実年齢より若々しい。慎重に櫛《くし》を通し、七三に分けた髪。髭《ひげ》のない細面、精悍《せいかん》な目鼻立ち。テレビで観るよりさらに上品だった。堂々としていながら、不遜《ふそん》さは皆無といってよく、すでに人当たりのよさを感じさせる。親しげで、なにより清潔感がある。

岩崎翔吾《しょうご》。駿望《しゅんぼう》大学文学部の講師にして、日本文学研究の第一人者。世間に名が知れ渡ったのは、小説家デビューを果たしてからだ。四年前に著した『黎明に至りし暁暗』が、芥川《あくたがわ》賞と直木《なおき》賞の同時候補作となった。惜しくも受賞は逃したものの『黎明に至りし暁暗』は二百五十万部超のベストセラーを記録した。岩崎翔吾は文壇に彗星《すいせい》のごとく現れた新鋭として、まさしく時代の寵児《ちょうじ》となった。

ひところの熱狂的なブームは、最近ようやく落ち着いてきたものの、岩崎翔吾という作家は、すでに揺るぎない地位を築いていた。存在自体が文学の新たな一ジャンルだった。

岩崎が微笑とともに歩み寄ってくる。「杉浦李奈さん？」

「はい」李奈は圧倒されながら、うわずった声を響かせた。

「お会いできて光栄です」岩崎が名刺を差しだした。「きょうはどうぞよろしく」

「こ、こちらこそ」李奈はあわてぎみに名刺交換に応じた。「お目にかかれて光栄です、岩崎先生」

「先生だなんて」岩崎が快活に笑った。「まるで大学のゼミに思えてきますよ。作家たちの出席するパーティーに招かれたことは？」

「ええと、あのう……。推理作家協会の懇親会なら、招待状が来てるんですけど、最初は風邪で寝こんでしまって、次は急なバイトで」

「そうですか。作家どうしは先生なんて呼びあわないものです。だからお互い、さんづけに留《とど》めましょう」

「わかりました。ありがとうございます。いえ、なんていうか、恐縮です」

顎鬚《あごひげ》を生やした三十代半ば、ワイシャツ姿の男性が、眠たげに見える垂れ目を向けてきた。「おふたりとも、席にお着きください。岩崎さんがそちらのソファ。杉浦さんはこっち」

応接用のソファに向かい合わせに座る。李奈は身を固くし、ごく浅く腰かけた。岩崎も礼儀正しく、背筋をまっすぐ伸ばしている。

ひとりくつろいだ態度をしめすのは顎鬚だった。近くの椅子に座り、ICレコーダーのスイッチをいれると、顎鬚がおじぎした。「どうも。本日の進行を務めさせていただきます、ライターの秋山颯人《あきやまはやと》と申します。『小説現代』に掲載する対談ということで、本日はよろしくお願いします」

李奈は深々と頭をさげた。視線をあげるタイミングがわからない。横目でようすをうかがうと、講談社の編集者らが周りを囲んでいた。カメラマンも一眼レフをかまえている。緊張感に身体を起こせなくなる。

岩崎のたずねる声がした。「太宰治《だざいおさむ》は、なぜ富士山《ふじさん》に赤面したんでしょうね」

自然に顔をあげるよう仕向ける。岩崎の問いかけには、そんな気遣いが感じられた。

李奈は岩崎を見つめた。父よりはいくらか若い、岩崎の温厚なまなざしが見かえした。

あわてぎみに居住まいを正す。李奈はライターの秋山にきいた。「お答えしていいんですよね？」

「もちろん」秋山が苦笑した。「芥川と太宰が好きと公言なさってるおふたりの対談です。テーマもそこにあるので」

「ですよね。失礼しました」李奈は岩崎に向き直った。「富士を風呂屋《ふろや》のペンキ絵、もしくは芝居の書割呼ばわりしてますけど……。御坂峠《みさかとうげ》の天下茶屋《てんかちゃや》に来る前、東京での描写を読むと、太宰は自分と富士を重ねているようです」

岩崎がうなずいた。「なぜ同一視したんだろう。自分自身と富士を」

「評判を押しつけられるのが嫌だったんでしょう」

「みずから抱える悲哀や苦悩を、富士のなかに見てとったということですか」

「わたしはそう思いました……」

「面白い。私も同意見ですよ。あのう、杉浦さん」

「は、はい」

「そんなに固くならないでください」岩崎が微笑した。「あなたは小説を三作もだしてる大先輩ですよ。私はまだ一作きりです」

「とんでもない。わたしのデビューはカクヨムですし……」

「投稿サイトで人気を博し、上位にランクされて、KADOKAWAから声がかかったんでしょう？　作品が多くの人に愛されてる」

「増刷が一回もかからなくて、初版部数が右肩下がりなんです。このままいくと四作目は電子書籍のみってことに……」

秋山が咳《せき》ばらいした。

「あ」李奈はいっそうあわてた。「芥川と太宰について……。そうでした。すみません」

岩崎は柔和な表情のままだった。「謝らないでくださいよ。文学の道を歩む者として、作家としての体験を語ることは貴重です」

「文学だなんて……。角川文庫のライトミステリですよ。自分でライトっていっちゃってるし」

「軽妙洒脱《しゃだつ》な文章表現も、文学の一ジャンルでしょう」

「そんなだいそれたものではなくて……。ただ軽いってだけです。文章力もないし」

「なぜ自分を卑下するんです？」

「事実ですから。むかしから文章力を上げたくて、川端康成《かわばたやすなり》を丸写ししたんですけど、いっこうに身につかなくて」

「写経じゃないんだから、既存の小説の丸写しなんて意味ないですよ」

「そうなんですか？　カルチャースクールの先生に勧められたんですけど」

　岩崎は大学の講師らしい、アカデミックな物言いに転じた。「文章の組み立てには脳の前頭葉、特に文法を考えるときには、前頭葉下部が働きます。でも書き写すだけの作業となると、使われるのはおもに左脳です。思考自体が異なるから、練習にはなかなりませんよ。私ならゼミの学生には、絶対に勧めませんね」

「へえ……」

「よく読み、よく書くことです。自分なりの表現を磨くことが、作家としての技術を向上させるでしょう。あ」岩崎がふと気づいたような顔になった。「私みたいな新参者が、またですぎたことを……」

「やめてくださいよ」李奈は思わず笑った。「岩崎さんにへりくだられたら、わたしはどうしたらいいか」

　秋山がじれったそうな態度をのぞかせた。「杉浦さん。芥川と太宰のちがいについて、どう思われますか」

「ええとですね。芥川龍之介《りゅうのすけ》は、一般ウケする話を書く人です。太宰治はもう少しマニアックで……。安易すぎますか？」

「いや」岩崎が片手をあげた。「シンプルですぐれた見解ですよ。事実、両者のちがいはそのあたりだと思います。ほかは共通項が多い。芥川も太宰も、中期までの作品と末期の作品とでは、方向性が大きく変わっていますよね」

李奈はうなずいた。「ふたりとも当初は理性的というか」

秋山が苦笑した。「理性的？『羅生門』『地獄変』は異常の極みでしょう。『鼻』も」

「いえ」李奈は否定した。「人間の狂気を描いていても、作家としての芥川は冷静に、物語との距離をとってるんじゃないかと。太宰も『津軽』『新釈諸国噺』『惜別』など、その後にくらべれば落ち着いた作風です」

岩崎が同意した。「それが末期には精神状態が不安定になり、テーマも退廃的になるんです。いうまでもなく芥川の『歯車』や、太宰の『人間失格』あたりです」

李奈は岩崎を見つめた。「どちらも非凡な才能ですよね。でもセンシティブすぎて、最期は自殺……」

「太宰の場合は、自殺といっても心中だから、少し事情が異なるでしょう。センシティブになった経緯や、のちの状況にもちがいがある。太宰のほうは、酒や薬物に手をだし、社会的にも孤立してしまった」

秋山は対談の内容がありきたりすぎると思ったらしい。頭を掻《か》きながら提言した。

「もっと作品論に絡めて、芥川と太宰の共通点なり、ちがいなりを語っていただきたいんですが」

岩崎が澄まし顔になった。「ふたりはそれぞれ伯母《おば》と叔母《おば》に育てられました」

「あのう」秋山が顔をしかめた。「それが作品論とどう関わるんでしょうか」

李奈は思いつくままを言葉にした。「『思ひ出』を読んで思ったんですけど、太宰は叔母から子守歌の代わりに、よく昔話をきかされていました。それで文才が育ったんじゃないかと」

「昔話で?」秋山がきいた。「なぜそう思うんですか」

「わたしも小さいころ……」李奈は口をつぐんだ。

小学校低学年あたりまで、いとこの家が好きだった。自宅を忌み嫌った。両親はいつも冷たかった。いとこの母親は、李奈の母の妹だ。彼女は話好きで、なんでも楽しく語ってくれた。明るく社交的な女性だった。叔母の話をきくうち、物語の面白さを感じるようになった。そのうち叔母は読書を勧めてきた。いつしか李奈は本好きになった。

岩崎が見つめてきた。「杉浦さん。察するにあなたも、叔母様の影響で小説好きになったとか?」

図星だった。芥川や太宰の話をしていたのに、自分を持ちだすのは不遜《ふそん》すぎて気が引ける。李奈は下を向いた。「はい……」

「論理的な見解です」岩崎の声がまた講師っぽい響きを帯びた。「親の愛情に飢えた子供が、母代わりとなる近しい存在の語るストーリーに魅せられ、文芸というものへの愛着を生む。心理学的にも説明のつくケースです」

秋山が岩崎にきいた。「もう少し具体的にうかがいたいんですが」

「大学の講義でも、よく言及することなんですけどね。マズローの欲求五段階説をご存じですか。人間の欲求はピラミッドのように、五つの階層に分かれています。最下層が生理的欲求。ひとつ上が安全欲求。次が集団欲求。そして承認欲求。頂点が自己実現欲求」

「いちばん下から始まるんでしょうね？」

「ええ。最下層の生理的欲求が、万人にとっての欲求の始まりです。これが満たされると、ひとつ上の階層に上ります。安全欲求も満たされれば、人が求めるのはまたひとつ上の階層、集団欲求です」

「集団欲求……」

「家族の一員になって、安心感を得たいと願う欲求です。保護者からあたえられる愛情を実感することで、欲求の充足につながります」

「なら」秋山が苦笑ぎみにいった。「芥川や太宰は、その階層で充足を得られなかったわけですね。杉浦さんも」

岩崎は真顔で応じた。「そうです。話し相手がいない家庭で、誰にも受容されず暮らしていれば、育つのは寂しさだけです。下から三層目のこれが満たされない人は、四層目の承認欲求を分厚くすることで、ピラミッドを維持しようとします」

「承認欲求ですか」秋山は李奈そっちのけで岩崎と対話しだした。「小説家の基礎かもしれませんね。すると小説家は、集団欲求が不足したまま、承認欲求が肥大化した存在だと……」

「ええ。しかし強調しておきたいのは、小説家の承認欲求が、自分自身の承認にあるという点です。他者からの承認は求めていない。あくまで自分のための文筆作業により、自己肯定感を高めるのです」

「読者の評判など気にしないという意味ですか。小説家になって自己のアイデンティティが確立できれば、それでいいと?」

「ええ。とりわけ純文学、私小説家の心理でしょう」

「芥川も太宰もそんなケースですか」

「いえ。ふたりは明確にちがいます」

「というと？」

「下から二層目、安全欲求を考えてみればわかります。健康で命を脅かされることなく、経済的にも安定した生活を送りたいとする欲求です。ふたりとも子供のころは、家庭が貧しくはなかったので、二層目まではクリアできていたといえます」

「不足していたのは家族愛。だから三層目の集団欲求が充足せず、四層目の承認欲求を厚くしていったんですよね」

「太宰はそうです。でも芥川は、積みあげてきたピラミッドの根幹が、発育途中で揺るがされてしまったのです。いったん三層目に進んだはずなのに、あとになって二層目、安全欲求がぐらつきだした」

李奈はようやく発言の機会を得た。「生来病弱だったからですね。のちに神経衰弱や腸カタルも患ったし……」

「そうです」岩崎がうなずいた。「芥川は三層目ばかりか、失われた二層目も補わねばならず、四層目の承認欲求をより分厚くせねばならなかった。そうなると自己の承認だけでは足らず、不特定多数からの承認を求めだします。名声や地位へのこだわりが強くなるんです」

「ああ」秋山が笑った。「そういう人なら、現代の小説家にも多くいます。なるほど、安全欲求と集団欲求ね。目立ちたがりで自己顕示欲の強い作家は、それら両方が満たされない人ってことですか」

「いえ。ものごとはそう単純ではありません。最初から安全欲求が満たされない人は、ずっと身の危険を感じているため、別の道に進みます。文章表現に目覚めず、小説家になりようがないんです」

「しかしさっき岩崎さんはおっしゃいましたよね。芥川は安全欲求が満たされなかったと……」

「彼はいったん四層目の承認欲求まで、ピラミッドを積み上げたんです。三層目の集団欲求の薄さを、四層目の厚みで補おうとしていたところ、二層目までが崩れだした。途中から安全が脅かされたんです」

「そこにどんなちがいが生じるんですか」

「芥川は四層目の承認欲求に達した時点で、歩む道は文筆業と心に決めました。文学を愛していたし、書くことも好きになっていました。でも三層目ばかりか二層目までもぐらついたので、四層目をとんでもなく分厚くせざるをえなかった。求めるものは不特定多数からの承認、名声や地位、富ばかり」

「本来なら小説家にありえない、俗物的な心理が育ったということですか」

「ええ。安全欲求を補うための承認欲求なので、少々安全が脅かされようが、承認欲求をこそ強く求めるようになります。すなわちルール違反の発覚により、面目を失うというリスクを厭《いと》わず、まず真っ先に不正に手を染めたんです」

李奈は戸惑いをおぼえた。「芥川が不正を厭わなかった……?」

「極論かもしれませんが、あなたのいう芥川が一般ウケ、太宰はマニアックという区別にも通じる話です。知ってるでしょう? 芥川は一部から盗作の疑いをかけられていました」

知っている。けれども同意しかねる、李奈はそう思った。

たしかに『蜘蛛の糸』や『トロッコ』に関する論争は有名だ。初期の『羅生門』『芋粥』は、『今昔物語集』『宇治拾遺物語』の説話を原型にしている。ただしそれらはいわば本歌取りにすぎない。盗作とは明確に異なる。『藪の中』にしても、『今昔物語集』やアンブローズ・ビアス『月明かりの道』に基づいているものの、もっと複雑で奥深いテーマを内包する。

李奈はおずおずといった。「元になった作品の魂を理解したうえで書くのは、模倣ではない。芥川自身がそのように発言してますが……」

岩崎が渋い顔になった。「言い訳ともとれますよね。他人の作品を真似たという自覚が、少なくともあったわけです」

「晩年の作品は誰の真似でもなかったと思います」

「『闇中問答』は？　彼自身が剽窃《ひょうせつ》を認めてる」

「でもあれは……」

「いいですか。私は芥川の才能を否定していません。でも彼はちょっとしたズルをしたのです。二層目の安全欲求が崩れ、四層目の承認欲求をより分厚くせざるをえず、不特定多数からの承認を求めるに至った。模倣はその弊害だったと考えられるんじゃないかな」

「そうでしょうか……」

「失礼」岩崎は笑顔に転じた。「ちょっと意地悪でしたね。このインタビューが記事になったら、芥川のファンから猛烈な抗議が寄せられるかも。あくまで文学研究のひとつのかたちということで……」

秋山が平然とこぼした。「少しぐらいなら物議を醸す発言は、こちらとしては歓迎ですよ」

岩崎は冗談めかしていった。「より意地悪な人が現れた、注意しないと。小説家の人生を深読みせず、作品のみに目を向け、評価することも重要です。たとえば宮沢賢《みやざわけん》治《じ》について、世間の人々は……」

話題が変わった。李奈は安堵《あんど》した。「作品のイメージから、ふんわりとナィーヴな人物像を思い描きがちですけど……」

「実像は異なる。技巧派のストーリーテラーだったと思います」

「ええ。『茨海小学校』なんか特に」

「杉浦さんはすぐれた読書家でもあるんですね。宮沢賢治が技巧派たるゆえんとして『茨海小学校』を発想するとは、いいセンスをしておられます」

秋山が口をはさんだ。「芥川と太宰のことを……」

「ああ」岩崎がまた笑った。「脱線してばかりで申しわけありません。どうも饒舌《じょうぜつ》になってしまう。杉浦さんとの対談が、とても楽しいからでしょう」

李奈は笑ってみせた。ただし心の奥底に、すっきりしないものを感じる。

芥川龍之介が盗作に手を染めた、その一点について岩崎は譲らず、あくまで持論を貫いた。あれはせいぜい本歌取りではないのか。時代のちがいもある。なぜ盗作と断定したのだろう。

## 2

対談が終わり、岩崎翔吾が席を立った。サインを求めるならいましかない。李奈はハンドバッグからハードカバー本をとりだした。『黎明に至りし暁暗』の初版を岩崎に差しだす。李奈は頭をさげた。「申しわけありません。お手数でなければ……」

サインペンは編集者が用意してくれていた。岩崎は愛想よくペンをとった。「そんなに遠慮しなくても。この本、いかがでしたか」

「素晴らしかったです。情緒的で感動的で……。でも、あの、いえ。なんでもないです」

「忌憚《きたん》のない意見をきかせてください。気になるところがあったんでしょう?」

「ええと……。終盤に主人公の裄人《ゆきと》が、誰を愛していたか語ってくれるかと……」

岩崎はサインしながら愉快そうに笑った。「みなさんそうおっしゃる。私はああするべきだと判断したんです。裄人の内面を、あえてあきらかにしないのがよかったという感想も多いし」

少数派のはずだ。大変な話題作だったのに、アマゾンの平均評価が星三つに留《とど》まっている、その理由もそこにある。

主人公の裄人は、誰かへの愛を支えに生きている。対象が何者なのか、裄人自身にも曖昧《あいまい》なまま物語は進む。彼の内なる情は誰に向けられていたのだろう。亡き恋人か。妹か。父や母とも考えられた。心の内側が明確に綴《つづ》られていれば、未来永劫《えいごう》の名作になりえた。そこを残念がる声が圧倒的多数を占める。肝心な結末を読者の想像に委《ゆだ》ねてしまったのは惜しい、文芸評論家もそう書いていた。とはいえ岩崎には、まったく後悔の念はないようだ。

李奈はきいた。「さっきのお話ですが、文学研究はどっちが正しいんでしょう? 作品にのみ目を向けるべきですか。それとも著者の人生まで踏まえるべきでしょうか」

「芥川や太宰がどんな人物だったか、本当のところは知るよしもない。著者と作品を併せて考えようとすれば、偏見に流されたり理想を重ね合わせたり、とにかく正確性を欠くでしょう」

「そうですよね……。文学研究としては正しくないってことでしょうか」

「そうともかぎりません。その先入観に満ちたものの見方こそが、独創的研究といえるかもしれない。なんでも客観視すればいい科学とはちがいます。ええと、お名前は

「杉浦李奈さんで?」

「はい。本名なので」

「いい名前ですね」岩崎は本を差しだした。「どうぞ」

「ありがとうございます。一生の宝物になります」

「おおげさな。でもそれなら」岩崎はカバンをまさぐった。「私にも宝物を分けていただけませんか」

とりだされたのは見慣れた文庫本だった。アニメっぽい表紙絵の『雨宮の優雅で怠惰な生活』第一巻。杉浦李奈のデビュー作だった。

同室にいる編集者らが控えめに笑う。李奈は顔が火照るのを自覚した。

「こ」李奈は取り乱した。「こんな物をお目にかけては……」

「なにをいうんですか」岩崎が表紙を開いた。「ここにサインをお願いします。もう一気読みでしたよ。美佐《みさ》と璋《あきら》が山奥の小学校で再会する、あのくだりがよかった」

「お読みになったんですか?」

「もちろんです。対談相手の著作を読まないなんて失礼でしょう。速読に自信があったので、まってるあいだに最後まで読みきりまして」

秋山がからかうような目を向けてきた。「いまの岩崎さんの感想、対談の記事中に差しこんでおこうか？」

「ぜひ！」李奈は思わず語気を強めたものの、周りの空気を察し、しどろもどろに言葉を濁した。「あ、いえ。あのう……」

岩崎が秋山にいった。「私からもお願いします。杉浦さんによる『黎明に至りし暁暗』の感想も、記事のなかに挿入してください。せっかくお互いの作品を読んだのに、ひとことも触れないんじゃもったいない」

「わかりました」秋山がノートにボールペンを走らせた。「おふたりのご希望なら」

「それはそうと」岩崎は李奈に向き直った。「時系列が行ったり来たりする構成で、かなり複雑な作品でしたね。最初から最後まで順に書いたんですか？」

李奈は恐縮しながら文庫本にサインした。「はい。第一章ができたら、メールに添付して編集に送って、第二章ができたら、また同じようにして……」

「なら前のほうを直したくなったときには、再送しなきゃいけませんね」

「ええ。それでも章を書きあげるたび、編集に送っておかないと不安なんです。パソコンがクラッシュして、データが吹っ飛んだりしたら困るし」

「USBメモリーにバックアップするでしょう？」

「もちろんしますけど、それでも心配性で。あのう、お名前は岩崎翔吾様で……？」

岩崎が笑顔でうなずいた。「もともと大学の講師なので、私も本名です」

李奈は書き損じないよう、一字ずつ丁寧に記名した。「岩崎さんは章の順番を、前後して書いたりするんですか?」

「いや、絶対にしませんね。登場人物の心理描写に齟齬《そご》が生じがちだし、なによりまやかしめいた作品になります」

「やっぱり……。本格的な文学はちがいますね」

「どうあっても最初から最後まで、順を追って書くのが常です。気にいらなければ、そこまでのすべてを消して、また冒頭から書き直します」

「徹底してますね。途中で編集に送ったりは……?」

「それもしません。脱稿してから作品を丸ごと、メールに添付して送ります。そのほうが意見を挟まれなくてよいのでは?」

李奈は苦笑し、文庫本を岩崎にかえした。「原稿のデータを自分ひとりだけで保管するのは、どうも不安でして」

「私はUSBメモリー一本だけしかバックアップをとりません」

「でも火事になったら……」

「また書けばいいでしょう。それで充分だと思いますが」岩崎は文庫の表紙を開き、満足そうに眺めた。「生涯忘れえない記念の本になりました。本当にありがとうございます」

過剰としか思えない物言いも、さらりと口にできる。けっして皮肉を感じさせない。岩崎は真の紳士だった。大学にこんな講師がいてくれたら、ゼミもきっと楽しいだろう。

岩崎や秋山に深々と頭をさげる。李奈はエレベーターホールに送りだされた。講談社の女性編集者ひとりが付き添い、一階へといざなう。李奈はまたおじぎをし、女性編集者と別れた。

高級ホテルも同然の広大なロビーを横切る。見慣れた青年が手持ち無沙汰《ぶさた》にたたずんでいた。チェックのシャツの胸に入館証をつけている。李奈は三つ年上の兄、杉浦航輝《こうき》に声をかけた。「おまたせ」

迎えにきた航輝は、腰が引けた態度をしめした。「ここ、なんだかすげえな。あっちにある入口は社員食堂か？　ファミレスじゃなくて？」

「ほんとすごいよね。圧倒される」

「急に李奈が遠い存在に思えてきた」

「やめてよ。まだここで本をだせたわけでもないし」

ふたりは歩きだした。警備室前のアクリルボックスに入館証を返却する。パルテノン神殿のような柱のあいだを抜け、ようやく外にでた。陽射しを浴びるとほっとする。

航輝がきいた。「対談どうだった？」

「勉強になった。それにいろいろ吹っ切れた。堂々と本好きを貫いていけばいいってわかったし」

「そっか」航輝は会社の敷地をでた。歩道を地下鉄の入口に向かう。「お父さんが帰ってきてほしいってよ。お母さんも。小説なら三重県でも書けるだろうって」

もやっとした思いにとらわれる。それがいいたくて立ち寄ったのか。

李奈は護国寺駅への階段を下りながら、あえてぶっきらぼうに突っぱねた。「そういうわけにいかない」

航輝が追いかけてきた。「原稿はメールで送るんだろ？　ノリスケが伊佐坂《いさ　さか》先生ん家に原稿とりに来るとか、そういう時代でもないって……」

「いつでも編集者さんに会えるようにしとく必要があるの。出版社とつながりを持っておかないと、仕事にありつけない」

階段を駆け下りるとともに、苛立《いらだ》ちが募っていった。いまさら両親がかまってくる。必要としていたときには、父も母もずっと他人行儀だった。もう干渉しないでほしい。

ふと岩崎翔吾の解釈が脳裏をよぎった。ボディブローのようにじわじわと効いてくる。両親の愛情不足。伯母《おば》もしくは叔母《おば》の語ってくれたストーリー。文学への愛着につながる。そこだけは芥川や太宰と共通している。偉人ふたりにくらべ、李奈には圧倒的に足りないものがある。才能だった。

3

講談社で岩崎翔吾と対談してから、何か月かが過ぎた。

秋の深まりとともに、日が極端に短くなったと感じる。午後三時をまわると、陽射しは大きく斜めに傾き、すでに赤みを帯びていた。

KADOKAWA富士見《ふじみ》ビル三階には、アルファベットが振られた会議室が連なる。Eの小部屋で、李奈は担当編集者の菊池《きくち》と向かいあった。

三十代半ば、面長に丸眼鏡、スーツの肩幅にあまりがある。そんな菊池の外見は、初対面のころから変わりがない。

テーブルの上には、縦書きにプリントアウトした原稿の束が置いてあった。一枚目は題名と著者名のみの印字。『トウモロコシの粒は偶数』杉浦李奈著。これが初校ゲラの束に化けるまでが第一関門だった。

いつもなら眉間《みけん》に皺《しわ》の菊池が、きょうは上機嫌にいった。「編集長が褒めてたよ。ライトじゃないミステリもいけるねって」

「ほんとですか」李奈の心は躍った。

「書いてあることは事実だよね？　終盤の謎解きに関わってくるからさ。奇数の粒のトウモロコシがあったりしたら、オチが微妙だよ」

「絶対にまちがいありません」

「なら出版してもおかしくない水準だよな」

笑顔が若干こわばり、半笑いに留《とど》まる。どうにも奥歯に物が挟まったような言い方にきこえる。李奈はたずねた。「出版……になるんでしょうか」

「そう。でもおかしくないと思う。けどさ、売れるためには、なんていうかこう……

…」

「セールスポイントとか？」

「それだよ。明確な売りがないとね。知ってるだろ、新刊本は書店に並んだら、たちまち売れなきゃいけない」

「宣伝していただけませんか。文庫じゃなく単行本なんだし……」

「うちが苦しいの知ってるだろ？　所沢《ところざわ》にあんなの建てちゃったからさ」スマホの着信音が鳴った。菊池が応答した。李奈に対する態度とは打って変わり、やたら愛想よく声を弾ませた。「どうも！　おひさしぶりです。いえいえ。今度ぜひうちでもと思いまして」

通話が始まったら、終わるまで待たされる。新人作家の常だった。売れればこんなことはなくなるというが、本当の話だろうか。

菊池は慇懃鄭重《いんぎんていちょう》なあいさつを繰りかえしたのち、ようやく電話を切った。「駒園雅《こまぞのまさ》陵《たか》先生。今度飲みに行く約束があって」

大御所の純文学作家だった。ベストセラーランキングの常連でもある。李奈は醒《さ》めた気分でささやいた。「そうですか……」

「やっぱ駒園先生みたいにね、名前があればちがうよね。角川文庫も苦労してる。たとえばマスコットキャラのハッケンくんだよ」

「ハッケンくんがなにか……？」

「着ぐるみには百万円かかってる。なのに行く先々でチーバくんとまちがえられる」

「鼻が赤くて身体が黒いのがハッケンくんなのに」

「いろが逆でも、みんなチーバくんと錯覚しちまう。それだけネームバリューは大きいってことだ」菊池はいま思いついたような口調でいった。「そうだ。前に講談社で岩崎翔吾先生と対談したろ？　帯に載せる推薦文を頼もうか」

「そんな。わたしからはとても」

「心配いらないよ。もちろん編集部から依頼する。杉浦さんは知り合いだから、たぶん引き受けてくれるだろ」

それが出版の条件だといわんばかりだ。おそらくもう決まっているのだろう。岩崎翔吾に推薦文を依頼する。受諾されしだい『トウモロコシの粒は偶数』は出版の運びとなる。断られれば出版は見送られる。

『黎明に至りし暁暗』に次ぐ、岩崎翔吾の第二作をめぐり、出版大手各社は争奪戦を繰りひろげた。ひところ出版界はその話題で持ちきりだった。ＫＡＤＯＫＡＷＡも岩崎にアプローチしていたが、結局は文芸新社《ぶんげいしんしゃ》からの刊行に決まったらしい。近いうち出版されるのだろう。ＫＡＤＯＫＡＷＡの編集者が、岩崎翔吾の知名度を利用したがるのも当然だった。

「あのう」李奈は菊池にきいた。「わたしの本なら、岩崎翔吾さんに推薦文をねだりやすいってことで、ゴーサインがでたんでしょうか」

「そんなことはないよ」菊池の瞳孔《どうこう》は開いていた。見え透いた嘘を自覚したのか、ぼそぼそと付け加えた。「全然影響なしとはいわないけど」

李奈は落胆とともにささやいた。「ハッケンくん……みたいなもんですよね」

「まあ……現時点ではそうかな」菊池は人差し指の先で眉間を掻《か》いた。「チーバくんの推薦文をたすき掛けにしてりゃ、少しはハッケンくんの価値が変わってくるだろ?」

互いの顔に笑いはなかった。李奈はため息をついた。「僕より全国区のハッケンくんをよろしくね。チーバくん」

「そう。キャッチコピーの趣旨はそんな感じだな」菊池が原稿の束を縦にし、テーブル上で揃えた。「『全国区の』より『世界の』としたほうがいいな。上のご機嫌とりには」

4

李奈は阿佐ヶ谷《あさがや》駅徒歩十七分、木造アパート一階の1DKにひとり暮らしだった。阿佐ヶ谷文士村には、井伏鱒二《いぶせますじ》や太宰治もいた。そんなエピソードが心の支えではあるものの、後付けにすぎなかった。売れない文筆業は中央《ちゅうおう》線沿いに住む。お洒落《しゃれ》に無頓着《むとんちゃく》、大手出版社へ行きやすく、そもそも物件探しに手間暇をかけたくない。あらゆる条件による結果論だった。ずぼらな作家志望こそ、中央線界隈《かいわい》に引き寄せられる。

インターホンが鳴った。李奈はボタンを押し応答した。「はい」

「宅配便です」

「ドアの前に置いといてください」

置き配が常識になってからは、宅配業者と顔を合わせずに済む。幸いだと李奈は思った。ノーメイクでジャージ、髪はぼさぼさ。ふだんの李奈はとても人に会える状態にない。

靴音が立ち去ってから、そろそろとドアを開けた。各部屋のドアは外廊下に面している。コンクリートの上に小ぶりな段ボール箱が置いてあった。

とたんに胸が高鳴る。大きさで中身に察しがつく。ただちに拾いあげ、室内に運びこむ。伝票を確認した。KADOKAWAからだった。やはり著者献本だ。新刊をだせば、発売日より一週間ほど早く、見本本《みほんぼん》が十冊分け与えられる。

大急ぎで梱包《こんぽう》を解く。真新しいハードカバー本が五冊ずつ二列、透明なビニール袋に包《くる》まっていた。『トウモロコシの粒は偶数』杉浦李奈。まさしくトウモロコシを載せただけの装画は冴《さ》えないが、帯は光り輝いていた。

フードミステリーの新境地。感動的な青春群像と、緻密《ちみつ》な心理描写に酔いしれました。

——岩崎翔吾（作家）

「やったぁ」李奈は思わず声を発した。

推薦文つきの帯が巻かれた自著は、これまでの三冊の文庫と、まるでちがって見える。岩崎翔吾の愛読者らは、きっとこの本が気になるだろう。ハードカバーだけに価格も、税抜き千八百円と高い。けれどもこの帯が呼び水となり、ひとりでも多くの読者の目に触れてほしい。売れなければ困る。都内は地方出身者にやさしくない。手狭な部屋、二階の住人が歩きまわるたびに天井がきしんでも、家賃は八万六千円もする。

たった二千部の初版で印税六パーセント、報酬は二十一万六千円。源泉徴収で一割引かれて十九万四千四百円。さらに復興特別所得税とかも引かれる。二か月ぶんの家賃を払えば、残りはほとんどない。この本は李奈にとって、じつに八か月ぶりの新刊だった。どうあっても増刷がかかってくれないと、この先やっていけない。

スマホが鳴った。画面には〝KADOKAWA　菊池〟と表示されている。喜びとともに通話ボタンをタップした。李奈は声を弾ませた。「杉浦です」

「ああ」菊池の声がきこえた。「杉浦さん」

「いま見本が届きました。本当にありがとうございます」

「届いた？　いつ？」

「……ついいましがたですけど」

「同居人はいたっけ？」

「いえ。ひとりです」

「ならその本は、まだ誰にも見せてないね？」

「ええ。これからバイト先のコンビニに持っていこうかと……」

「知ってるかな」菊池の声は不穏な響きを帯びていた。「人は絶望にとらわれると、架空の相手と電話ごっこを始めるそうだ。言語性幻聴、対話性幻聴からもう一歩進んだ、通話性幻聴と呼ぶ症状らしい」

「はい？」

「本当に幻聴で相手の声がきこえるのか、あるいは演技性の行動なのか、研究者によって見解が分かれる。なんにせよ悪夢のような電話は、幻聴だと信じたくなるよな」

「あのう。それはいったいどういう意味で……」

「最悪なのは、耳を疑うような電話が幻聴でなく、本当だったときだ」

「菊池さん。いったいどうしたんですか。なにかあったんですか」

「その本を外に持ちだすなよ。友達だろうが知り合いだろうが、あげちゃいけないどころか、見せてもいけない」

「な……なぜですか」

「帯を外すことだ。とにかくすぐ帯を全部外して、ゴミ箱に捨てるように」菊池の声が受話器から遠ざかった。ほかの人となにやら話している。ふたたび菊池の声が大きくなった。「いや、帯は返送してほしい。ちゃんと十本、耳を揃えて返送すること」

「本から帯を外して、KADOKAWAに送るんですか?」

「そう。きょうじゅうに頼むよ。じゃ忙しいのでこれで」

通話が切れた。李奈は茫然《ぼうぜん》としながら自著を眺めた。

帯の推薦文の輝きは、いまだ失われていない。だが光の質が変異したように感じられる。どこか濁ったいろが混ざりだしていた。

李奈はフローリングを歩いた。風呂《ふろ》とトイレのドアに面した、小さな調理台つきの六畳一間が、ダイニングキッチンと称する部屋だった。引き戸を開けるともうひと部屋、六畳からなる仕事部屋兼寝室がある。シングルベッドには衣類が散乱していた。床にも生活用品があふれる。それなりに片付いているのはデスクの上だけだ。李奈は椅子に座ると、ノートパソコンを操作した。

岩崎翔吾の名を検索する。ウィキペディアの記述は以前と変化がなかった。立派な経歴だけが掲載されている。

ところがツイッターを開いたとたん、嫌な予感がしてきた。急上昇ワードに〝岩崎翔吾〟が含まれている。ほとんどのツイートはネット記事のリツイートだった。記事の題名は〝岩崎翔吾の小説二作目に盗作疑惑〟。

衝撃とともにリンク先の記事ページを開いた。れっきとした大手新聞社のサイト、URLは正しく、フェイクニュースとも思えない。記事の掲載時刻は、わずか三十分ほど前だった。

**岩崎翔吾の小説二作目に盗作疑惑**

処女作『黎明に至りし暁暗』で、読書界の話題をさらった岩崎翔吾氏（41）の第二作、文芸新社で刊行されたばかりの『エレメンタリー・ドクトリン』が、先週発売された『陽射しは明日を紡ぐ（嶋貫克樹＝著・雲雀社＝刊）』の盗作ではないかという指摘が、読者から相次いだ。

これら二作は「ストーリーのみならず、文章表現も似通っている（都内某書店員）」とのこと。発売が六日早かった『陽射しは明日を紡ぐ』の版元・雲雀《ひばり》社は「うちの作品がオリジナルでまちがいない」と主張している。一方『エレメンタリー・ドクトリン』を出版した文芸新社も「模倣の可能性はまったくない」としており……。

李奈は動揺した。ただちに『陽射しは明日を紡ぐ』を検索してみる。アマゾンの販売ページがヒットした。評価の平均は星3つ、レビュー数は二百以上。岩崎翔吾のファンが「盗作したのはそっちだ」と星1つで攻撃する一方、擁護派やアンチ岩崎派が星5つをつけ応戦する。両者が拮抗《きっこう》した結果、平均は星3つ近辺となっている。嶋貫《しまぬき》克樹《かつき》という著者名をクリックしてみたが、著作はこの一冊しかなかった。

次いで『エレメンタリー・ドクトリン』の販売ページに移る。こちらの平均は星2つ。やはり批判と擁護が衝突しているが、それらに加え「盗作うんぬんは別として、単純に面白くない」という意見もめだつ。

李奈は岩崎翔吾の第二作『エレメンタリー・ドクトリン』を読んでいなかった。バイトで忙しかったし、ハードカバー本は高価だった。文庫がでてから読むか、電子書籍のセールを待とうと思っていた。『陽射しは明日を紡ぐ』のほうは、存在すら知らなかった。

あの岩崎翔吾が盗作。とても信じられない。取り乱しながら引き出しを開け閉めする。対談のときにもらった名刺をとりだした。記載された連絡先は、岩崎が勤務する駿望大学、日本文学研究ゼミのデスクだった。ここに電話するのは筋ちがいだろう。

かといって李奈は文芸新社とつきあいがない。岩崎の処女作『黎明に至りし暁暗』を出版した鳳雛《ほうすう》社とも関わりがなかった。

引き出しのなかには講談社の編集者らの名刺もあった。しかし岩崎は鳳雛社と文芸新社でしか書いていない。講談社に連絡したところで、記事以外の情報を得られるとは思えない。

最後に見つけた名刺に、ふと注意を喚起された。ライター、秋山颯人とある。あの対談における進行役だった。フリーランスの彼ならあるいは……。

5

薄曇りの午後だった。中野《なかの》駅から少し離れたファミリーレストランで、李奈は秋山颯人と再会した。

あいかわらず眠たげな目をした秋山は、三名、そう店員に告げた。四人掛けのテーブルに案内されたのち、李奈は秋山にささやいた。「もうひとり、誰がお越しになるんですか」

「誰も」秋山が鼻を鳴らした。「ここ混んでるから、ふたりなんていったらベンチシート行きだよ。隣りに会話をきかれちゃ困る」

「ああ……。でもルール違反ですよね」

「話をしたいといってきたのはきみだろ。嫌なら帰るよ」

「いえ。それは困ります。……けれど会って話さなくてもよくありませんか？　メールで詳細を教えてくだされればよかったのに」

「データに残したくないんだよ。電話も録音されちゃ迷惑だし」秋山は店員が歩み寄ってくるや注文した。「ドリンクバーで」

「わたしも」李奈はいった。

店員が遠ざかると、秋山がメニューに目を戻した。「支払いはきみだよな？　生姜《しょうが》焼き膳《ぜん》も頼もうかな」

「秋山さん……」

「冗談だよ。お互いフリーの物書きだし、カツカツなのはわかってる。こないだの本、初版三千部ぐらい？」

「三千……」

それでも刷りすぎたといわれる。岩崎翔吾の推薦文という売りを失ったいま、出版しなければよかったとの声が、関係者間で優勢だった。

「世知辛いね」秋山は腰を浮かせた。「コーヒーいれるついでに、ティーバッグを多めにガメてかなきゃな。うちのダージリンと煎茶《せんちゃ》が切れかけてる」

「先に話を」李奈は秋山を引き留めた。「盗作騒動、ほんとのところはどうなんですか」

「きみの意見は？」秋山がやれやれとばかりに座り直した。「金がなくても、立ち読みぐらいはしたんだろ？」

「……たしかにそっくりです。あちこち文章表現を変えてあるけど、わざわざ類語を辞書で調べて、言葉を置き換えたみたい」

「ようするに作為的ってことだな」

「でもどっちがどっちを真似たかまでは……」

「なあ、杉浦さん。俺はライター稼業だ。文学賞の下読みや評論もやる」

「読書好きなんですね」

「そうでもない。ただ本屋は少しテンションがあがる。本を読んでる人を見かけると気になる。完結したシリーズのつづきを自分で空想すれば、へたな読書より楽しめる。映画化やドラマ化に気分は複雑」

「読書好きじゃないですか」

「ほかにインタビュアー、文字起こしの原稿書きも頼まれる。岩崎翔吾さんとは、講談社での対談でいちど会ったっきりだ。販元の社員ほどには、内情もよくわからない」

「少しはわかってることがあるんですよね？」

「まあな」秋山が身を乗りだした。「文芸新社と雲雀社の法務部どうしが、いま水面下で協議してる。顧問弁護士が相互に出向いて、主張を伝えあってる。むろんどっちも譲らない姿勢を貫いてるが、雲雀社はどうも……」

「なんですか」

「奇妙なんだよ。嶋貫克樹という小説家が、いつ原稿を書き始め、いつ脱稿したか、雲雀社はしっかり証拠を残してる。日付ばかりか時刻までもだ。まるでこんな騒動が起きることを予期してたみたいにな」

「証拠というと？」

「弁護士ばかりか衆人環視の下、著者から編集部に原稿が引き渡されたらしい。嶋貫が脱稿した『陽射しは明日を紡ぐ』が、担当編集者の手に渡ったのは約二か月前、八月十七日の午後二時四十三分」

「そんなに細かく……」

「まるで現行犯逮捕の瞬間さながらに、大勢で確認したっていうんだよ。対する岩崎翔吾のほうは、文芸新社の担当編集者のパソコン内、メールの受信記録がすべてだ。八月二十日の午後四時十六分、岩崎さんが原稿を添付したメールを、編集者に送信してる」

李奈はため息をついた。「三日遅かったわけですね」

「有城《ありき》達二《たつじ》の『殉教秘聞』って小説、知ってるか？　第十二回講談倶楽部《くらぶ》賞の受賞取消作」

「いえ……」

「知らないのも無理ないな。受賞が発表されたのは一九五九年六月、大むかしだ。ところがこれは、その三年前にでた『小説春秋』八月号掲載、寺内大吉《てらうちだいきち》『女蔵』の丸写しだった。物語も文章もほぼそっくりそのまま、ちがいはわずか三か所のみ。今回の盗作騒動も同レベルだ」

「三年もあいだが空いてるなら、盗作は明白でしょうけど、今回のはたった三日ですよ？　もちろん発売もされてない」

「そう。未発表の『陽射しは明日を紡ぐ』を、岩崎翔吾がどうやって知り、どのようにして原稿を入手できたか。そこがあきらかになってない。でも三日もあれば、自分の作品として編集者に送ることは充分に可能だろ？　原稿を書き写す必要はない。元データをコピーして、少し手を加えるだけだ」

「原稿データはワードファイルですか？」

「そう。どの小説家も編集者も、みんなワードを使ってるからな。ワードファイルの作成日時と最終更新日時、いずれも嶋貫克樹のほうが三日早かった。ふたりともそれぞれ原稿を編集者に送る直前、推敲《すいこう》作業を終えたようだ」

李奈は唸《うな》った。「盗作なんてありえなくないですか？　岩崎さんは大学の講師だし、あんなにきちんとした人ですよ？」

「たった三日であっても、いちおう嶋貫のほうが早く書きあげた。物的証拠が残ってる。どっちが不利かといえば岩崎さんだろう」

「おふたりに接点は……」

「さあ。そこまではわからない。パクりパクられが成立してるってことは、どっかでつながってたのかもな」秋山が立ちあがった。「ドリンクバー、先に行くか？　ふたりとも席を離れたんじゃ、バッグを盗まれる恐れがあるだろ」

「どうぞお先に」

「悪いね。あ、メロンソーダとカルピスを半々混ぜると、ロイヤルメロンってのを作れる。持ってきてやろうか？」

「いえ……。どうぞおかまいなく」

秋山がドリンクバーに歩き去るのを見送る。李奈はひどく落ち着かなかった。心のなかを掻《か》きむしられるようだ。

最初は流麗な文体に魅せられた。直接会ってからは尊敬の対象となった。そんな岩崎翔吾に、あろうことか盗作疑惑がかけられた。なにを信じればいいのだろう。紳士と感じたのは幻想にすぎなかったのか。

6

数日後の昼下がり、李奈は新宿《しんじゅく》にでかけた。紀伊國屋《きのくにや》書店本店の一階、新刊書コーい。

ナーに立ち寄る。

わざわざ大型書店に足を運んだのは、李奈の本も置いてあるにちがいないからだ。自著が店頭にないのをまのあたりにするのは辛《つら》い。紀伊國屋の本店ならまず心配がない。

平積みのカバーをざっと眺めた。ところが『トウモロコシの粒は偶数』は見あたらなかった。棚差しのほうに二冊、同じ背表紙が並んでいた。

深いため息とともに一冊を引き抜く。新刊なのに帯がない。付近にPOPもポスターもない。色校までは進んだものの、どれも岩崎翔吾の推薦文入りだったため、最終段階で印刷が見送られた。おかげで拡材は皆無。新聞広告もなし。これでは書店も販売に力をいれてくれない。

書店員のエプロンを身につけた女性が声をかけてきた。「杉浦さん」

新人作家は書店巡りをする。編集者と一緒に大手書店を訪問し、挨拶《あいさつ》がてらサイン本と手書きPOPを作らせてもらう。以前ここに来たとき、この女性が相手をしてくれた。文庫コーナーの担当者、名前はたしか木村洋子《きむらようこ》。

「あ」李奈はおじぎをした。「どうも、木村さん。その節は……」

洋子の微笑には同情のいろが重なっていた。「大変でしたね。岩崎翔吾さんの推薦帯が巻かれるはずだったんでしょ？」

李奈はあわててきいた。「どうしてそれを？」

「どうしてって……。ネットで噂になってたから」

急ぎハンドバッグからスマホをとりだす。どのように検索すればいいだろう。エゴサーチなどふだんはしないが、自分の名を入力した。するとサジェストワードが自動的に表示された。そのなかに『杉浦李奈　岩崎翔吾』があった。

以前なら名前が並ぶだけでも、身に余る光栄と感じただろう。いまは気が気でなかった。クリックすると、まとめサイトが検索結果のトップにでてきた。


**【盗作】岩崎翔吾、鳴かず飛ばずのZ級ラノベ作家を激賞【疫病神】**


頭に重石《おもし》を載せられた気分でページを開く。世間にでまわらなかったはずの、推薦文入り帯が巻かれた『トウモロコシの粒は偶数』の画像があった。

つづくコメント欄も予想どおりだった。「推薦文をもらった直後は有頂天だったただろうな」「天国から地獄に真っ逆さまってやつだな」「こんなの岩崎の推薦があってもなくても売れねえだろ」「パクリ作家に激賞されてZ級以下に転落」「ラノベ作家風情が一般文芸に手をだすな」「杉浦李奈って誰？」「カクヨムで読んだことあるけどつまらなかった」「トウモロコシの粒って偶数なの？　それしか気にならない」……。

思わず泣きたくなる。画像のでどころを詮索《せんさく》したところで、なんの意味もない。見本《みほん》本《ぼん》は装丁担当者や書評家、取材元などにも送られている。岩崎翔吾の名が世間を騒がしている以上、情報漏れは必然だったかもしれない。

最悪の気分とともに李奈は嘆いた。「きっと返品の山ですよね」

書店員の洋子が励ましてきた。「まだわかりませんよ。杉浦さんにサインしてもらった文庫も、ぜんぶ売れたし」

「ほんとですか」

「ええ。サイン本の完売は人気の証明です。本当にありがたいことです」

洋子はありがたいといった。本心にちがいない。書店は売れ残った本を一〇五日以内に、取次に返品する。一〇五日を過ぎた本は、書店が買いとらねばならなくなってしまう。一方で著者がサインした本は、最初から書店が買いとる必要がある。誰のサインだろうが、落書きの入った本は返品不可になるからだ。

少なくともサイン本がすべて捌《は》けた。その事実だけでも喜ばしい、そう思うしかない。

営業然としたスマイルで洋子が告げてきた。「なんにしても話題になれば、本の注目度はあがります。面白かったって感想が増えるかも。それで売り上げがアップするかも」

「かも、の二連発ですね……」

「そんなに落ちこまないでください。出版は水ものです。意外な本が急に売れたりするもんですよ」

思いきって李奈は申しでた。「ここの二冊にもサインしましょうか」

洋子の笑みがひきつりだした。「ありがたいんですけど、わたしは単行本の担当じゃないので」

「そうですか……」

人生初のハードカバー本、ひそかにサインする日を、ずっと夢見てきた。文庫本より大きく、紙に厚みのある見返しに、すらすらとペンを走らせる。作家冥利《みょうり》に尽きる瞬間だろう。けれどもそんなときは訪れない。『トウモロコシの粒は偶数』にサインする機会がない。売れていない以上、サインも求められない。

すみません、と客が洋子に声をかけた。洋子は応対した。李奈におじぎをしてから、客とともに立ち去った。

意外な本が急に売れる、さっき洋子はそういった。すでに書店員からも穴馬狙いの駄馬認定を受けた。作者としてはなんとも心苦しい。わが子が落ちこぼれの烙印《らくいん》を押されたようなものだ。

失意とともに新刊書コーナーをあとにする。歩きながらスマホをしまいかけると、ふいに着信音が鳴りだした。

画面には〝KADOKAWA 菊池〟とある。李奈は応答した。「はい」

「杉浦さん？ いまどこにいる？」

「新宿の紀伊國屋ですけど……」

「なら近いな」菊池の声が問いかけてきた。「いまから会社に来れないか？」

7

李奈はKADOKAWA富士見ビルに着くや、三階のアルファベットDの小部屋に通された。

担当編集者の菊池とともに現れたのは、いかつい身体つきに厳《いか》めしい面構えのストツ、しかもふたりいた。年齢は褐色のスーツが四十歳前後、灰いろのスーツが三十代半ばぐらいか。どちらも髪を短く切り揃えている。これまで社内で会ったことはない。

李奈は恐縮しながら立ちあがり、ふたりにおじぎをした。

菊池がこわばった顔で紹介した。「こちら、神田《かんだ》警察署の刑事さんたち」

褐色のスーツが先におじぎをかえした。黒革のパスケースに似た物をとりだし、表紙を開いた。制服姿の顔写真と逆三角形のバッジ。褐色のスーツは真顔で挨拶《あいさつ》した。「永井《ながい》です」

灰いろのスーツも同じようにした。やはりにこりともせずにいった。「浅野《あさの》です」

なんと本物の刑事だった。いずれも椅子に腰かける。李奈も戸惑いとともに、向かいの席に座った。

菊池も着席した。いつになく真剣な面持ちで菊池が告げてきた。「話をききたいそうだ。岩崎翔吾さんについて」

テーブルの上に差しだされたのは、半年近く前の『小説現代』。李奈と岩崎の対談の掲載号だった。

若いほうの刑事、浅野が切りだした。「岩崎さんは大学の講師としても忙しく、受けた取材は限られています。この対談で杉浦さんは、岩崎さんとかなり親しげに話しておられる」

年長の刑事、永井がうなずいた。「お互いの作品の感想を口にするほど、打ち解けた関係がうかがえます。なので杉浦さんがなにかご存じではないかと」

困惑がさらに深まる。李奈はきいた。「どういう意味でしょうか」

「いや」永井はくつろいだ態度をのぞかせた。「変な意味じゃないんです。岩崎さんはあなたのほかにも、三人の文化人と対談をしているし、誰に対しても気遣いをしめしてる。あなただけ特に深い仲だったとは思わない。みなさんにうかがっていることでして」

浅野刑事が身を乗りだした。「ただし盗作とか模倣とか剽窃《ひょうせつ》とか、その種のことに言及したのは、杉浦李奈さんとの対談だけなので」

ああ……。すると盗作騒動が警察沙汰《ざた》になっているのだろうか。たしかに著作権侵害は現在、親告罪でなくなったときく。世間で盗作が囁《ささや》かれただけでも、捜査が始まることがあるのかもしれない。

李奈はいった。「岩崎翔吾さんは盗作なんかしていないと思います」

永井刑事がじっと見つめてきた。「そういえる根拠は？　本を読んだんですか？」

「いえ、あのう、立ち読みしただけで」

微妙な空気が漂いだした。だが刑事らは李奈の意見をききたがっている。李奈はすなおな思いを口にしただけだ。私見にすぎなくても、それしか答えられない。

沈黙ののち、浅野刑事が低い声を響かせた。「岩崎翔吾さんは失踪《しっそう》しました」

時間が静止したように思える。李奈は啞然《あぜん》とした。「はい？」

「盗作疑惑の報道があった直後から、音信不通になったんです。大学も無断欠勤しています」

永井刑事があとを引きとった。「岩崎さん夫婦は仲がよかったようですが、いま奥様は娘さんを連れ、実家に帰っておられます。当初は奥様も、主人が盗作などありえないと強く主張しておられたのですが、岩崎さんの失踪後はすっかり落ちこんでおられます。自分が問い詰めたのがいけなかったかもしれないと」

刑事の口調は、さして同情の念が感じられず、終始淡々としていた。李奈が刑事に会うのは初めてだったが、自著に想像で書いた警察関係者のセリフと、そう大差はなかった。

浅野刑事が説明をつづけた。「対談の記事を書いた秋山颯人さんに、きょう会ってきました。対談時の録音もきかせてもらいました。ふしぎなことに、記事内にあって録音にない会話が……。互いの作品を褒めあうくだりは、対談にはなかったようですが」

李奈は応じた。「対談が終わってから、雑談で話題になったんです」

「へえ。でもこの記事には、対談中にそんな流れになったように書いてありますが」

菊池が口をはさんだ。「失礼。それは雑誌の編集権の範疇《はんちゅう》ですよ。読者にわかりやすくするために、会話の順序を入れ替えるぐらい、よくあることです」

「そうですか。でも録音になかったので、ちょっと気になりましてね」浅野刑事が李奈に目を戻した。「対談が終わったあと、ほかにどんなことを喋《しゃべ》りましたか」

李奈は当惑とともにつぶやいた。「どんなことって……」

「盗作という概念について、さらに言及したり、岩崎さんご自身の作品に結びつけたりとかは？」

「なかったと思いますけど……。録音でおわかりでしょうけど、岩崎さんは盗作についても、一般論としておっしゃっただけです」

「後ろめたさなどは、特に感じなかったと？」

「はい……」李奈はきいた。「失踪って、いつごろのことですか」

「三、四日ほど前です。十月十五日か十六日あたり」浅野刑事が答えた。「大の大人ですから、それぐらいならひょっこり帰ってくる可能性も高いのですが、奥様が心配なさいましてね。盗作騒動が背景にあるかもしれないので、われわれも早めに動いてるんです」

　永井刑事がうなずいた。「岩崎翔吾さんは駿望大学にお勤めなので、神田署の私と浅野にも、上から声がかかりまして」

　中年男性と数日連絡がとれないだけで、警察がそこまで真剣になるとは意外だった。ふつうならせいぜい行方不明者届を受理した署の担当どまりだろう。著名人ゆえ無視できないと判断したのか。

　李奈は浅野刑事を見つめた。「岩崎さんの奥様と娘さん、里帰りしてるとおっしゃいましたが……」

「ええ。騒動の数日後からです。岩崎翔吾さんはそれ以降、ひとりで過ごしていたようです。近所の人たちも、岩崎さんの落ちこんだ姿を目撃していました。四日ぐらい前から、ガレージにあったクルマがなくなり、窓明かりも点《つ》かなくなったと」

　永井刑事がため息まじりにいった。「それだけならかまわないのですが、スマホが通じないんです。家をでる前から電源をオフにしたらしく、位置情報電波も発信されていない」

　編集の菊池が永井刑事にたずねた。「盗作されたと主張してる側は？　雲雀社や、嶋貫克樹さんという小説家の事情もお調べになったんですか」

「ええ。雲雀社の編集者も嶋貫克樹さんも、岩崎翔吾さんとは面識がないとのことです。雲雀社側にしてみれば、自分たちの本の発売後、岩崎翔吾さんが唐突に同じ内容の本をだした。脱稿も岩崎さんのほうが三日遅いのを確認済み。だからいい迷惑だと」

菊池が頭を掻《か》いた。「どうもそこが腑《ふ》に落ちませんね。変じゃありませんか？　失礼ながら、雲雀社みたいな小さな会社が、本の制作過程をいちいち弁護士に記録させてたなんて」

永井刑事は首を横に振った。「さあ。そこんとこはわれわれも、出版界の事情をよく知らないので」

「ありえませんよ、そんなこと」

「でも出版ってのは、契約に基づいてビジネスを進めるわけでしょう？　工程を第三者に確認してもらうってのは、そんなに不自然とは思えませんけどね」

「出版契約書を交わすのは、本が発売されたあとなんです」

「発売されたあと？　それまでは？」

「なんていうか、そのう、互いの信頼関係で進めるのが慣例で」

「こじれたときには？」

　菊池が浮かない顔でうつむく。視界の端に李奈をとらえている。気づけば李奈も同じようにしていた。

　作家と編集者のいざこざ。よくある話ではある。進めてきた企画が、会社の都合でいきなりポシャる、そして作家の泣き寝入りで終わる。大手出版社に楯突《たて》いて、その後の仕事を失いたくないからだ。原稿が本というかたちになるまで、フリーランスの小説家にとっては、きわめて不利な取引を強いられる。

　浅野刑事がいった。「契約が事後承認という業界の慣例はあっても、雲雀社がそれを嫌い、工程を弁護士に記録させていた可能性はありますよね」

「いえ」菊池は口ごもった。「そのう……」

　李奈は黙っていた。刑事にはそんなふうに思えるのかもしれない。実際に小説家を生業《なりわい》としている立場からすれば、まず絶対にありえない話だ。

　小さな出版社であっても毎月、数十タイトルの新刊を発売する。そうでないと経営が成り立たないからだ。制作過程は繁雑でややこしく、編集者側も多忙をきわめる。なんのトラブルも予期できないうちから、脱稿日時を証拠に残そうとするなど、とうてい考えられない。

永井刑事が腰を浮かせた。「お時間を割いていただき恐縮です。ほかもあたってみますので、これで」

菊池も立ちあがった。「どうもお役に立てませんで」

李奈も菊池に倣った。刑事ふたりが頭をさげ、戸口をでていく。菊池が声をかけた。下までお送りしましょうか。浅野が歩き去りながら応じた。いえ、それには及びませんので。

きょう呼びだされた理由はこれだけか。李奈は軽く失望しながら部屋をでようとした。

するとと菊池が呼びとめてきた。「杉浦さん、ちょっと待った」

「なんですか」

ドアを閉めると、菊池がテーブルに戻った。「座ってくれないか。仕事の話がある」

李奈はいそいそと着席した。「ライトミステリの新刊でしたら、すぐにプロットをお送りできますので……」

「それはありがたい。でもその前に……。ハードカバーの単行本をださないか」

「単行本？　でも『トウモロコシの粒は偶数』は惨憺《さんたん》たるありさま……」

「今度は事情が異なる。ノンフィクションだからな」

「えっ」李奈は面食らった。「小説じゃないんですか?」

「そう。あくまで取材に基づき、現実を綴《つづ》った本だ。岩崎翔吾に関して、きみなりに調べあげてほしい」

「調べるって、あの、なにを……」

「わかるだろ。盗作騒動について、なんらかの結論を引っぱりだせってことだ」

「無理ですよ。わたしは売れないラノベ作家ですし、岩崎さんとも親しくありません」

「雑誌の対談で親密になった。刑事が話をききたがるほど打ち解けていた。その前提があれば充分だ。対談時の岩崎さんの印象を冒頭に持ってきて、そこから過去をたどるようにすれば、きみが書き手になることも自然に受けいれられる」

「それ決定事項なんですか……?」

「会議はこれからでね。まだ企画書を提出してないけど、通す自信がある。杉浦さん。これは汚名返上のチャンスだよ」

「汚名……。わたし、汚名を着せられてるんですか?」

「いや、ちょっとおおげさだったな。名誉挽回《ばんかい》のチャンスといっておこう。杉浦李奈という名は、岩崎翔吾の推薦文つき帯の画像で、世間に知れ渡ってしまった。でも岩崎さんがきみの作品を気にいった、その証明にはなる。だからきみの立場から、岩崎さんの真実を追究するのは、ひとつの売りになる」

売り。またセールスポイントか。李奈は落胆とともにつぶやいた。「そうでしょうか……」

「帯の画像流出も、逆に宣伝になる。禍《わざわい》転じて福となすってやつだ」

転んでもただでは起きない、そんな出版界の商魂逞《しょうこんたくま》しさしか感じない。李奈はまるで婚活パーティーで相手を振るときのように、深々と頭をさげた。「ごめんなさい」

「まってくれ」菊池があわてだした。「なあ頼むよ。『トウモロコシの粒は偶数』の帯に、岩崎翔吾の推薦文を提案したのは誰だ？」

「菊池さんです」

「そう、僕だ。会議では毎回吊《つ》るしあげられてる。このままじゃ所沢に飛ばされて三流雑誌の編集だ」

「どの雑誌の話ですか」

「ひとりの編集者が、四十人ぐらいの作家を担当してるのは知ってるだろ？　クラス担任みたいなもんだ。僕が異動したら、きみを含め大勢の作家に迷惑がかかる」

有名作家は新たな編集者にも歓迎される。李奈はそれ以外の扱いだった。つくづく嫌になる。席を立ちながら李奈はいった。「考えてみます」

「いや！　この場できめてくれ」

「そんなの無理ですよ」

「岩崎翔吾の盗作騒動は、出版界の大スキャンダルだ。ほっとけば幻冬舎あたりが、光の速さでノンフィクションを発売する。こっちはそれに先んじなきゃいけない」

「やらなくてもよくないですか？　週刊誌の仕事でしょう」

「うちの会社には報道系の雑誌がないんだよ。よって記者はひとりもいない。きみだけが頼りだ」

「岩崎さんと接点もないのに」

「いや、きみこそが接点だ。名誉挽回のチャンスだといったろ。ほかに岩崎さんと対談した三人の文化人も、きっとノンフィクション本の執筆を持ちかけられる。だからきみはより早く、より深い内容で勝負する」

「勝負なんかしたくないです」

「ノンフィクションが売れれば、これまでの杉浦李奈の小説も動く。次の新刊にも弾みがつくよ」

それをいわれると弱い。李奈はささやいた。「次の作品のプロットを読んでもらえるなら……」

「読むとも！　送ってくれればすぐに読む。だから頼む。岩崎翔吾の盗作騒動について、真相を解明するノンフィクション。ただちに取りかかってもらえないか」

なんとなく気が塞《ふさ》ぐものの、真相を知りたい、そんな思いはたしかにある。李奈はきいた。「取材の段取りはつけてもらえるんですか？　経費のほうは……？」

菊池が情けない顔で応じた。「経費は領収書をもらえれば、払える範囲で払うけど、段取りのほうは……」

こちらでつけなければならない、そういうことらしい。李奈はため息をついた。突然ルポライターへの転職を命じられた。なにが待っているのかまるで予想もつかない。

8

岩崎翔吾の自宅がどこにあるかすら、李奈は知らなかった。編集の菊池もわからないという。ノンフィクション本の執筆を要請しておきながら、あきれた話だった。以前の推薦文の依頼は、鳳雛社にメールを転送してもらったにすぎないという。岩崎とは面識もないらしい。

ただし盗作騒動となった二冊、岩崎翔吾著『エレメンタリー・ドクトリン』と、嶋貫克樹著『陽射しは明日を紡ぐ』は、菊池が貸してくれた。李奈はそれらの本を携え、飯田橋《いいだばし》駅まで歩いた。

途中で足をとめ、スマホをいじった。岩崎翔吾の連絡先で判明しているのは、駿望大学の日本文学研究ゼミ、デスクの電話番号とメアドだけだ。念のため名刺の画像をスマホカメラで撮ってある。その番号にかけてみると、女性の声が応じた。おかけになった電話番号は、現在使われておりません……。

電話番号を変えたらしい。取材攻勢を受けたせいかもしれない。メールをだすのも気がひける。明朝にでも直接、大学に出向いてみるか。それ以外になんの方法も思いつかない。プロのルポライターはどうやって情報源を見つけだすのだろう。

総武《そうぶ》線三鷹《みたか》行きに乗り、阿佐ケ谷に帰ることにした。幸いにも車内に空席があった。

李奈は電車に揺られながら、二冊の小説を交互に読み進めた。

あらためて読んでみても、本当にそっくりだった。両作とも物語は終戦前後。主人公の青年の名は、岩崎版では光男《みつお》、嶋貫版は州之介《しゅうのすけ》となっている。いずれも裕福な家庭に育ったものの、身体が弱かったため兵役を免除された、そういう設定だった。やがて兄が帰ってくるが、戦地で薬物に溺《おぼ》れ、いまや粗暴な性格と化していた。この兄は、主人公の妻と不倫関係にあった。豊かだった暮らしがやがて荒れ始め……。

李奈は失墜感にとらわれた。どちらがどちらを真似たかという以前に、物語が太宰の『斜陽』にそっくりだ。主人公がシングルマザーから青年に置き換えられたほか、いくつかのちがいでしかない。文章表現はさすがに『斜陽』とは大きく異なっている。しかしふたつの作品は、題名と装丁を変えただけの同じ小説、そうとらえるしかない内容だった。厳密には『斜陽』も太宰作というより太田静子の日記なのだが……。

『エレメンタリー・ドクトリン』の中盤を読んでみる。

田子亭《たご》はひなびた宿屋だが、花見の時季だけに、年にいちどあるかないかの盛況ぶりだ。光男は運の悪さを呪いつつ、女将《おかみ》の照子《てるこ》にたずねた。「お酒ありませんか」

照子は忙しく立ち働きながら、ぶっきらぼうに応じた。「ご宿泊じゃなきゃ、お酒はおだしできませんよ」

「兄が帰ってきたんです」

「それは結構ですね。来週には部屋も空きますから、お兄さんとお越しくださいな」

喧噪《けんそう》に追い立てられるも同然に、光男は田子亭をあとにするしかなかった。重い足をひきずって歩く。まいった。きっと兄に罵《ののし》られる。

次いで『陽射しは明日を紡ぐ』の似たくだり。李奈は読み進めた。

老朽化した宿には蓑屋《みの》の看板が架かっている。やけに騒々しい。州之介は暖簾《のれん》をくぐった。大勢の客が押しかけている。おおかた花見に来たのだろう。酒臭い客も多かった。

これは運が悪い。そう思いながら、州之介は女将を探しだした。忙しく立ち働く老婦に、州之介は声をかけた。「お酒を買いたいんですが」

「ご宿泊？　そうでなきゃだせないね」

「戦地から兄が帰ってきたんです」

「それはよかったね。混んでるのはいまだけで、来週には空《す》くから、お兄さんを連れてきなさいよ」

喧噪に追いだされるように、州之介は蓑屋を去るしかなかった。足が重い。まずいな。きっと義男《よしお》は激怒するだろう。

このくだり自体が、太宰治『斜陽』の「私はこの部落でたった一軒の宿屋へ行って、おかみさんのお咲《さき》さんに……」に似ている。せいぜい描写を少し具体的にしたていどだ。

『エレメンタリー・ドクトリン』という題名からは想像もつかない内容だった。岩崎版では兄の遺書を、キリスト教における教理になぞらえており、それが題名の由来らしい。嶋貫版『陽射しは明日を紡ぐ』は、陽という一文字が『斜陽』と重なっている。しかしどちらかといえば、嶋貫版のほうは太宰のテイストが薄い。

もし岩崎が嶋貫版を盗作したのなら、文学研究者として有する太宰の知識を加え、小説としての味わいを高めようとしたふしがある。一方で嶋貫が岩崎版を模倣したと仮定すれば、逆に文学的知識のなさから、太宰の風味が削られていったとも考えられる。

後半には飛び飛びで三章ほど、主人公のいとこの話が挿入される。物語の冒頭で、主人公は遠方に住むいとこに思いを馳《は》せる。それを受けての展開だった。あまり本筋には関わってこない。しかしこのいとこについては、ふたつの作品でまったく扱いが異なる。

岩崎版のいとこは女性で、傷痍《しょうい》軍人を労《いたわ》る看護婦だ。過労のため体調を崩し、身ごもった子を流産してしまう。嶋貫版のいとこは、主人公より年上の男性で土地成金。富豪になって妻を娶《めと》ったものの、暴力を振るったため逃げられる。

エピソードはまるでちがうものの、小説内でいとこの物語が綴《つづ》られる位置は、ほぼ共通している。岩崎版では十八章、二十二章、二十五章。嶋貫版は十九章、二十一章、二十四章。

そして最終章は描写から結末まで、ほとんど同じだった。特に最後の一文は『斜陽』にこそないものの、二冊の本の描写は完全に共通していた。

ゆうべ失われた淡い理想が、澄みきった空の果てに溶けこんでいく。光男は虚無を抱えつつ、小さく消えゆく鳥の影を、ただじっと見守った。

——岩崎翔吾著『エレメンタリー・ドクトリン』文芸新社刊

昨晩喪失した淡い理想が、淀《よど》みきった空の果てに溶けこんでいく。州之介は空虚さを抱きつつ、小さくなって消えゆく鷗《かもめ》の影を、ただじっと見送った。

——嶋貫克樹著『陽射しは明日を紡ぐ』雲雀社刊

李奈は暗澹《あんたん》とした気分で本を閉じた。しばらく読みかえしたくもない、そんな嫌悪感が胸のうちにひろがる。

二作のほとんどの章は、登場人物名や地名のほか、ささいな表現のちがいしかない。しかも表現については初校と再校のゲラ直し時、校閲スタッフによる指摘を受け、読みやすく改めただけかもしれない。すなわち元の原稿はまったく同一だった可能性すら否定できない。

心が鬱《うつ》する理由はほかにもあった。盗作騒動を抜きにしても『エレメンタリー・ドクトリン』は、岩崎翔吾の作品とは信じたくないほど不出来だった。たしかに表現の妙はところどころに感じられるものの、芥川や太宰の研究家なら、むしろ自然に発想しうるレベルだろう。『斜陽』のほかにも、物語にキリスト教を絡めるあたり、芥川の『煙草と悪魔』の影響がみられる。変にねじこまれたユーモアは『三つの宝』を彷《ほう》彿《ふつ》させる。さまざまな文学の寄せ集めでしかない。『黎明に至りし暁暗』の極上な筆致にはほど遠い。

誰でも一作だけなら、それなりのものを書ける。どの出版社の編集者もそんなふうにいいたがる。出版界のジンクスかもしれない。人生経験のすべてを集約させれば、処女作は読ませる小説になりうる。けれども二作目には残滓《ざんし》しかない。からになった鍋《なべ》の底をこそげとったような、なんの味もしないスープができあがる。期待の新人が、受賞後第一作で早くもつまずき、それっきりになる。編集者にとっては日常茶飯事だという。

電車がホームに入った。どこだかわからない。中野から荻窪《おぎくぼ》あたりの駅は、どれも風景がよく似ている。まるで盗作騒動のようだ。ドアが開いたのち、くぐもったアナウンスの声に耳を傾ける。阿佐ケ谷、そうきこえた。李奈はあわてて席を立ち、電車から飛びだした。

ほっとため息をつき、ホームの下り階段へと歩きだす。陽が傾きだしていた。斜陽。なにもかも皮肉に思えてくる。どちらがどちらを盗んだのか。真実など直視したくはない。けれども目を逸《そ》らす自由はもうない。

9

よく眠れなかったせいで、李奈が目覚めたのは正午近くだった。フリーランスはこういうところが締まらない。あわてて服を着替え、メイクを済ませると、アパートの部屋を飛びだした。

神田神保町《かんだじんぼうちょう》には大学が集中している。郊外ほど広い敷地を持たず、小分けされたキャンパスが一帯に点在する。面積が狭いぶん高層ビルがめだつ。明治大学と日大経済学部3号館の中間、カーキいろの二十階建てビル。そこが駿望大学の神田キャンパスだった。

都心の街なかといえど、大学らしい芝生の庭がそれなりにある。ただし高い鉄柵《てっさく》が囲む。ゲート前に着いた瞬間、李奈の足はすくんだ。とても寄りつけない。

大勢の報道陣が、歩道いっぱいに押しかけている。大学生らがゲートに向かうたび、警備員が学生証を確認し、通行を許可する。ぴりぴりした雰囲気が漂う。立て看板もあった。大学関係者と学生以外は入れません。そう記されていた。

李奈は途方に暮れ、その場にたたずんだ。とても警備員に声をかけられる空気ではない。

ふと女子大生らしきショートヘアの丸顔と目が合った。白い襟のついた黒のワンピース姿。ノートバンドに包んだ教科書類を胸に抱える。つぶらな瞳《ひとみ》がじっと見つめてきた。

「すみません」女子大生が話しかけてきた。「杉浦李奈先生？」

「え？　あ、はい……」

「やっぱりそうですか。『小説現代』で岩崎先生と対談してましたよね」

「ああ。よくわかりましたね」

「写真が載ってたので、ひょっとしてと思いまして」

「そうなんですか。岩崎先生とはお知り合いで……?」

「わたし岩崎先生のゼミに参加してるんです。二年の関根《せきね》彩花《あやか》っていいます。きょうはなにか、大学にご用ですか」

「あのう。岩崎先生の消息について……」

彩花はわずかに表情を硬くし、李奈をうながし歩きだした。ゲート前から遠ざかりつつ、彩花がささやいた。「学生はマスコミと話すなって申し渡されてるんです。でも杉浦先生は小説家だし、かまわないですよね」

「先生だなんて……。歳もそうちがわないし」

「そんなことないですよ。わたしまだ十九だし。先生は二十三ですよね? 『雨宮の優雅で怠惰な生活』読みましたよ。対談のなかで岩崎先生が褒めてたので」

「あ、ありがとう……。大学に行かなくていいの?」

「きょうは一限目の講義だけだったんです。ゼミの学生がよく集まるお店があるんですけど、そこへ行きます?」

話をきけるかもしれない。李奈はうなずいた。「ぜひ」

彩花が微笑した。「杉浦先生、雑誌で読むのとは印象がちがいますね。もっと堅い人かと思った。岩崎先生以外、プロの小説家さんに会うのは初めてなので」

「プロだなんてとても……」

「謙遜《けんそん》しないでくださいよ。小説を書けるなんてすばらしい才能ですよね。わたしには無理です。でも読書は好きだし、ゼミもいつも楽しくて」

「日本文学研究ゼミには自分から入ったの？」

「はい。岩崎先生の文芸史の授業が面白かったので。もともと幸田露伴《こうだろはん》や田山花袋《たやまかたい》をよく読んでたんです」

「へえ。文学少女……」

「父の部屋に本がたくさんあっただけです。でも拾い読みするうちにハマっていって」

表通りから一本入り、雑居ビルが連なる路地を歩いた。中小企業の社屋や倉庫がほとんどだが、たまに古本屋や喫茶店に突然でくわす。人の往来はあるものの、クルマはほとんど乗りいれてこない。

李奈はきいた。「ゼミでの岩崎先生はどんな人だった？」

「マスコミって嘘つきですよね」彩花が表情を曇らせた。「記事に書かれてる岩崎先生って、まるで露伴の『五重塔』にでてくる、自信過剰な職人みたい。本当の岩崎先生は、嵐が来る前に五重塔をばらばらに解体して、きちんと保管するような人ですよ。風がやんだあとまた組み立てるんです。ひとりでこつこつと」

「慎重で論理的ってこと?」

「思いやりもあります。わたしたちみんなを気遣ってくれます。なにより文学を愛してる人です。盗作だなんて暴挙におよぶはずがありません」

同感だと李奈は思った。盗作をする人間は根本的に非常識だ。岩崎翔吾は小説家である以前に、常識をわきまえた大人だった。見ず知らずの新人作家の作品を模倣するなど考えられない。

ただし気になることはある。岩崎は対談で、芥川龍之介の小説を盗作ときめつけた。少なくともそんな口ぶりだった。芥川は他者の作品を丸写ししていない。あれを盗作呼ばわりするなら『エレメンタリー・ドクトリン』はなんだろう。一字一句変わらない箇所が、全編にわたって存在するではないか。

彩花が足をとめた。「ここですよ」

幅の狭い雑居ビル一階のテナント、喫茶とスナック、定食屋が混ざりあったような店だった。ドアの退色した塗装から、十年以上は営業していると見受けられる。看板には〝喫茶ドロテ〟とある。彩花がドアを押し開けると、ベルの音が鳴った。

店内はがらんとしていた。カウンターのほかテーブルが三つあるが、客はひとりもいない。開店当初はインテリアに凝った形跡がある。新築の家のリビングと同様、歳月を経るうちに雑然としていったらしい。

カウンターのなかから、角刈りの中年男性が顔をのぞかせた。「いらっしゃい。ああ、彩花ちゃん。早いね」

「こんにちは。こちら小説家の杉浦李奈先生。『小説現代』で岩崎先生と対談してた人」

「へえ！」男性が目を輝かせた。「小説家の先生⁉　お若いのに」

李奈は苦笑してみせた。「どうかおかまいなく……」

「そうはいかない。店なんでね。さあどこでも座って」

どの席を選ぼうか迷っていると、彩花が話しかけてきた。「ゼミの先輩に河村昌哉《かわむらまさや》さんって人がいて、店長さんはそのお父さん」

男性がにこやかに笑った。「河村です」

「どうも……」李奈は会釈した。

彩花が説明した。「日本文学研究ゼミの学生は、ここをたまり場にしてるんです。夕食や飲み会に集まるけど、きょうはまだ誰もきてないね。いないほうがいいかも。たいていビブリオバトルになるし」

そういう店のわりには、文芸書は一冊も見あたらない。李奈はきいた。「店長さんも読書がご趣味じゃないんですか」

「とんでもない。俺は体育会出身なんで、活字はさっぱり」

カウンターに積まれた週刊誌のなかに、文芸誌が一冊だけ紛れていた。何年か前の『月刊小説クスノキ』だった。李奈は指さした。「それをお読みじゃないんですか？」

「あん？　なんだこれ」河村店長が頭を掻《か》いた。「いやぁ、うちで買うわけないな。ゼミの学生さんが忘れていったんだろう。彩花ちゃん、友達みんなに伝えといてくれないか。これ、うちで預かってるって」

彩花がからかうようにいった。「読めば面白いのに。『クスノキ』って純文学系でも、かなりマニアックな専門誌だし」

「勘弁してよ。俺は昌哉みたいに本好きにゃなれねえ。ここでみんなが喋《しゃべ》ってる話もちんぷんかんぷんだ。なんだっけ、噺家《はなしか》みたいな名前……。松鶴《しょうかく》？」

「西鶴《さいかく》でしょ」彩花が李奈をテーブルにいざなった。「パンケーキセットがけっこう美味《おい》しいですよ」

「ならそれをオーダーしようかな」李奈は壁のメニューを眺めた。「飲み物はアイスカフェオレ」

「わたしも」彩花が着席しながらいった。

河村店長が応じた。「はいよ。いつもありがとう」

李奈は彩花の向かいに座った。壁のコルクボードに写真がたくさん貼ってある。大勢の大学生らしき若者が店内にひしめいていた。彩花の加わっている写真もあった。何枚かの中心に岩崎翔吾がいる。会ったときの印象より若い。それらは数年前に撮影されたのだろう。

すなおな感想を李奈は口にした。「みんな楽しそう」

「そりゃもう」彩花が微笑とともにうなずいた。「岩崎先生のゼミが興味深すぎて、みんな次回まで待てなくて、ここに移って補習って感じ。夜も更けちゃって、そのまま飲み会になったりして」

「最近も岩崎さんは来てた？」

「たまに……。小説家としてデビューしたあとは、かなり忙しくなったらしくて。河村昌哉さんがいたころは、欠かさず顔をだしてたみたいだけど」

「あなたは一緒に出席しなかったの？」

カウンターのなかで河村店長が笑った。「昌哉は彩花ちゃんの六年先輩になるんだよ。生きてたとしても、大学生活は重ならなかったね」

李奈は面食らった。「とおっしゃると……」

「ああ。三年生のとき、急性心不全で在学中にね……」

彩花が集合写真の一枚を指さした。「これ。岩崎先生のすぐ後ろにいるのが昌哉さん」

顔は父親に似ているが、色白で華奢《きゃしゃ》な青年だった。岩崎の両肩に手を置き、明るい表情をのぞかせている。

河村店長はカウンターのなかで調理を進めていた。屈託のない笑いを浮かべる。「岩崎先生は昌哉に、ほんとによくしてくれたよ。ほかの学生みんなに対してもそうだった。あんなに親切な人はいない。俺まで気遣ってくれた」

そのことに感謝して、いまでもゼミの学生たちを歓迎している、そんな現状らしい。河村の笑顔を見れば、岩崎翔吾がいかに愛される人柄だったか、そこに疑いようはない。

ゼミの周辺からきこえてくる噂は、岩崎翔吾の盗作などありえない、早くもそちらに傾きだしている。このまま救われた気分で帰りたい。しかしそうもいかない。これは取材だった。ノンフィクション本を書くため、真実を追究せねばならない。

李奈は河村店長にきいた。「『エレメンタリー・ドクトリン』って本、ご存じですか?」

「題名だけはね」河村は浮かない顔になった。「ワイドショーが騒いでるから。だけど岩崎先生も、一作目のときにはサイン本をくれたのに、二作目は発売になっても、自分からはなにもいいたがらなくて……」

彩花が後ろを振りかえった。「最後に岩崎先生が店に来たとき、そこの席に座ってたの。『エレメンタリー・ドクトリン』の発売後でした。河村店長もサインをねだったけど、先生はなんか、悲しげな笑顔をみせただけで」

「悲しげ?」李奈はたずねた。

「そう」河村店長が大きくうなずいた。「悲しげな笑顔。まさしくそんな感じだった。いいえて妙だよ。さすが彩花ちゃん、文学的だね」

カウンターからでてきた河村店長が、テーブルにアイスカフェオレをふたつ置いた。

李奈は彩花を見つめた。「『エレメンタリー・ドクトリン』は読んだ?」

「読みました」彩花はストローをグラスに挿し、ひと口吸った。「『黎明に至りし暁暗』は、ゼミのみんなに著者見本分をくれたけど、『エレメンタリー・ドクトリン』はくれなかったから、わたし自分で買ったんです」

「どう思った？」李奈はきいた。

「正直にいっていいですか」

「もちろん……」

「あんなのは岩崎先生の小説じゃないと思います。ふだんゼミで語る文章表現の技法と、相容《い》れないところがあるし」

「別人の作品っぽい？」

「はい。『黎明に至りし暁暗』は、岩崎先生の講義の集大成って感じでした。先生が説明する、文芸の理念や技術、表現方法が、余すところなく具現化された作品です。ところが『エレメンタリー・ドクトリン』には、それらが皆無です。禁じ手だらけってわけじゃなくて、教えはいちおう反映されてるけど、上っ面だけで魂がなくて」

的確な指摘に思える。李奈も同じ感想を抱いた。岩崎の文学に対する考え方は『エレメンタリー・ドクトリン』にも、たしかにこめられている。しかしそれらはかぎりなく薄っぺらい。なにもかも表層的に留《とど》まっていたと感じる。

河村店長はいったんカウンターに引きかえした。「パンケーキ、もうすぐ焼けるからね。しかしあれだな、岩崎先生の奥さんもやさしい人なのに、きっとショックだっただろうな」

岩崎の妻は実家に帰っているという。連日の報道に心を痛めているにちがいない。盗作騒動が当人ばかりか周りをも傷つける。なぜ岩崎は身を隠してしまったのだろう。でてきて釈明してほしい。ノンフィクション本の出版の価値は失われるが、いっこうにかまわない。

ドアが開いた。あわただしく駆けこんできたのは、やはり大学生とおぼしき青年だった。髪は長めで、テーラードジャケットを羽織っている。妙にあわてた表情をしていた。

「いらっしゃいませ」河村店長がいった。「なんだ、西尾《にしお》君か。どうしたんだ」

どこかで見た顔だと李奈は思った。なぜそう感じたか、すぐに理由がはっきりした。ついさっき目にした集合写真だ。彩花と一緒に写っていた。ゼミ仲間のひとりだろう。

「店長」西尾と呼ばれた青年がきいた。「テレビのリモコンは?」

「リモコンか。ちょっと待ってくれ」河村店長が奥に引っこんでいった。

彩花は座ったまま紹介した。「西尾君。こちら杉浦李奈先生」

「あー」西尾が目を丸くしながら近づいてきた。「岩崎先生の対談相手の……。本を持ってくりゃよかった。サインしてもらえたのに」

李奈はたずねた。「読んでくださったんですか」

「いや、あの、買ったうえで、持ってくればよかったってことで……。ひょっとして岩崎先生の居場所をご存じですか」

「いえ……」

彩花がため息をついた。「杉浦先生も心配して大学を訪ねてきたの。そうですよね、先生？」

「え？　あ、はい……」李奈は口ごもった。取材だとはいいだせない。

「ところで」彩花は西尾を見つめた。「なにをそんなにあわててんの？」

河村店長がリモコンを手に戻ってきた。西尾はそれをひったくった。壁ぎわのテレビに向け、ボタンを押した。テレビの画面が映る。

チャンネルをしきりに変えながら西尾がつぶやいた。「いま電気屋の店頭で見かけたんだけど……。あ、これだ」

民放のワイドショーだった。どこかのビルのエントランス前で、ひとりの男性が記者に囲まれている。無数のマイクを突きつけられていた。男性はいたって涼しげな態度をとっている。

　ウェーブのかかった茶髪、切れ長の目に高い鼻、こけた頬。黒のスーツに黒のワイシャツ、エンジいろのネクタイ。ミュージシャン系のイケメンという印象を漂わせる。年齢は名前とともにテロップで判明した。嶋貫克樹氏（31）とある。画面の隅には〝岩崎翔吾氏盗作疑惑　被害者か？　嶋貫氏直撃〟と表示されていた。李奈は息を呑《の》んだ。この人が『陽射しは明日を紡ぐ』の著者か。

　インタビュアーが質問を投げかけた。「岩崎氏が五日ほど前から、行方をくらましているとのことですが……」

「さあ」嶋貫は澄まし顔で平然と応じた。「詳細はなにも知りません。私の作品を模倣し、出版後に行方知れずになった……。それだけはきいています」別の記者がたずねる。「嶋貫克樹さんの出版前の原稿を、岩崎翔吾氏がどこかで見た可能性はありますか？」

「まったく見当もつきません」

　彩花が顔をしかめながらスマホを操作した。嶋貫克樹の名を検索したらしい。画面表示を読みあげる。「嶋貫克樹、ライター。『プロフィッタブル』誌で〝社畜にならずに億を貯めよう〟連載。『ウェイトリミット』誌〝食べて痩《や》せる健康食〟連載。『ツープラトン』誌〝プロレスラー殿堂図鑑〟連載。……以上」

西尾が吐き捨てた。「ただのフリーライターだろ。こんなのが書いた小説なんて、岩崎先生が真似るわけない！」

李奈は衝撃を受けていた。画面のなかの嶋貫克樹の顔を、ただ茫然《ぼうぜん》と眺める。胡散《うさん》臭《くさ》い業界人の不遜《ふそん》な態度。状況がややこしくなってきた。

## 10

李奈は陽があるうちに文芸新社に向かった。神楽坂《かぐらざか》駅の近く、新潮社と同じ道路沿いに、その社屋はあった。

規模はそれなりに大きいが、ほかの出版社と比較すると、区役所のように味気ない外観だった。二階建ての低層でありながら、庁舎のごとく縦横に広い、そんな造りのせいかもしれない。

ここのエントランス前にも、やはり報道陣が群がっていた。社員はわきの通用口から出入りしている。むろん警備員による社員証のチェックがある。李奈は警備員に近づいた。今度は出版社だった。駿望大学とは事情が異なる。

李奈が用件を伝えると、警備員は難しい顔をしながら、通用口の奥に消えていった。ほどなくひとりの男性を連れてきた。まだ三十代だろうが白髪のめだつ七三分け、眼鏡に無精髭《ぶしょうひげ》。くたびれた表情と皺《しわ》だらけのスーツ。一見して文芸編集者だとわかる。男性が手招きした。李奈は通用口をくぐったが、すぐに押しとどめられた。中庭の先に建物の入口が見えるものの、なかに迎える気はないらしい。

さも迷惑そうな表情で男性がささやいた。「文芸編集の落合《おちあい》です。KADOKAWAさんから話はうかがってます」

「杉浦です」李奈は遠慮がちに頭をさげた。「よろしくお願いします……」

「いちおう取材には協力させていただきますけど、あいにく岩崎翔吾さんの担当編集は、きょう休みをとっていて」

「担当のかたのお名前は？」

「佐伯《さえき》。男性で、私の後輩です」

「お休みの理由はなんですか」

「体調不良。というよりこの騒ぎのせいだな」落合はため息をつくや、くだけた口調に転じた。「実際に精神状態がやばいらしくて、家に引きこもってる。編集長も出社しなくていいといってね」

「岩崎さんの脱稿が、嶋貫さんより遅かったのは本当ですか」

「うちの佐伯は八月二十日に、岩崎さんから原稿データをもらった。それはまちがいない。向こうの顧問弁護士は、八月十七日の脱稿を証拠に残してるって？　それが本当なら、こっちが完全に不利だな」

「データの最終更新日が二十日だったというだけで、岩崎さんが十七日より早く、原稿を完成させていた可能性もありますよね？　二十日までの三日間、ほんのちょっと手直ししただけとか」

「ところが脱稿前日の十九日、岩崎さんは佐伯にメールを送ってるんだよ。残すところあと一章と書いてあった。その時点までに仕上がった原稿データのサイズも、百九十五キロバイトと伝えてきた。これは最終章を除く原稿のデータサイズに合致してね」

「なんで原稿データのサイズなんか、前もって知らせたんでしょう？」

「佐伯のほうからたずねた。パソコンのＨＤＤ容量がほぼいっぱいでして、原稿データはどれぐらいになりますか、そういうメールを十九日の朝に送ってる。ほんとは小説原稿のデータサイズなんか、たかが知れてるけど、ページ数をきくのは失礼なんでね」

データサイズで本の厚さがだいたいわかる。印刷と製本にかかるコストも、事前におおよそ算出できる。編集者の佐伯はそれを知りたかったのだろう。堂々と質問すればいいような気がするが、岩崎翔吾のような有名作家の担当の場合、勝手がちがうのかもしれない。

李奈はきいた。「岩崎さんが最終章を書き上げたのは、八月二十日でまちがいないってことですか」

「ほぼ確実だね」落合が応じた。「嶋貫克樹のほうは三日早く、ほとんど内容の変わらない最終章を脱稿してる」

最後の段落も、岩崎翔吾より先に、嶋貫克樹が脱稿していたのか。ほぼ同一の文章表現だった。いよいよ岩崎の立場が危うくなってきた。

落合が通用口から外をのぞいた。「先頭に陣取ってる奴がいるだろ。あいつとは顔見知りだ。小倉《おぐら》といって『週刊新潮』の記者なんだよ。会社が近いからって、むやみに人を送りこんできやがる」

「あのぅ」李奈は話題を逸《そ》らさせまいとした。「岩崎さんが原稿データを送信したのが八月二十日、そこは確定済みのようですけど、嶋貫さんのほうは本当に十七日に送ったんでしょうか」

「知らないよ。雲雀社さんにきけば？」

「あいにく知り合いがいなくて……」

「雲雀社の女性編集者が、嶋貫克樹の担当だよ。名前は、ええと、たしか比嘉《ひが》沙織《さおり》。電話で話しただけだが、なんだか高飛車でね」

「嶋貫克樹さんと会われたことは？」

「あるよ。うちの編集部の連中は、何度も顔を合わせてる」

「そうなんですか？」

「KADOKAWAさんのほうには売りこみがなかったのかい？　嶋貫克樹はしょっちゅう、うちに出入りしてた。ライターでね。あのでかい態度は前からだよ。フリーの若いライターにはああいうのが多い。なにを勘ちがいしてるんだか、芸能人崩れみたいなファッションで」

「落合さんは一緒に仕事をなさったんですか？」

「いや。でもきいた話じゃ、今度の件ですっかり天狗《てんぐ》になってて、新作をださせてやるみたいなことを伝えてきてるってさ。うちとしちゃノーサンキューだ」

「雑誌に特別寄稿とかは……？」

「ないだろうね。うちの社長もカンカンに怒ってるし、実際いい迷惑だよ。だから沈黙をきめこむ方針でね」

もっと深く事情を知りたい。李奈は落合を見つめた。「佐伯さんに会うことはできませんか」

「無理。体調不良だよ」

「なら嶋貫さんの担当編集の……ええと、比嘉沙織さんでしたっけ。ご紹介いただけませんか」

「電話で話しただけだといったろ？　まあ嶋貫克樹への取材といえば、アポがとれないこともないが……。メールを送るぐらいしかできないし、返事待ちになるよ」

「それでいいです。お願いします」

「ったく」落合が頭を掻《か》きむしった。「コロナ禍以降、本の売り上げも戻らないのに、金にならない仕事ばかり……」

いきなり辺りが騒然となった。通用口から記者の群れが突入してくる。痺《しび》れをきらしたひとりが動き、ほかも同調したようだ。警備員が必死に押しとどめる。社員らも駆け寄ってきて加勢した。

落合は取材陣を制しながら怒鳴った。「なかに入らんでください！　ここはもう社内ですよ。おい小倉、写真を撮るな！」

李奈は喧噪《けんそう》に気圧《けお》されつつ、逃げだすも同然に通用口から脱出を図った。押しあいへしあいのなか、人混みを掻き分け、なんとか歩道へと舞い戻った。

ひとり足ばやに騒動から遠ざかる。とんでもない状況だと李奈は思った。世間の関心の高さは想像以上だ。だからこそノンフィクション本が商売になる、そんな判断が下ったのか。事態を甘く見ていた。引きかえせるものなら引きかえしたい。

11

上空を厚い雲が覆う。朝から雨が降っている。李奈は兄の運転する軽自動車の助手席に乗り、雲雀社をめざしていた。

兄の航輝はスーツにネクタイ姿でステアリングを握る。ブランド洋食器の営業職で、外まわりも多い。会社は埼玉にあるが、きょうは都内に出張中だった。おかげでクルマで送ってもらえることになった。

もっとも兄が世話を焼いてくるのには理由がある。予想どおりの言葉を航輝は口にした。「李奈。お父さんとお母さんがいってる。あと一年で大きな成果がでなきゃ……」

「家に帰れってんでしょ。小説なら親もとでも書けるって」

「そろそろ長島《ながしま》温泉でのんびりしたくならないか」

「ならない」

「小説家なんて不安定な職業に就かなくても、もっと稼ぎのいい仕事があるよ」

わかっていない。たしかに李奈は、文筆業で生計を立てることを夢見ていた。しかし小説は商売のためだけに書いているのではない。書きたいから書く、そこに本心がある。

李奈はもともと文章を綴《つづ》るのが好きだった。小さいころから話し上手でなく、人との会話が苦痛だった、そのせいもあるだろう。頭のなかに考えが浮かんでも、いざ話そうとすれば、意味不明な言葉の羅列になってしまう。自分の発言を思うように制御できない。いつもたどたどしい表現しかひねりだせない。

書くという行為は、会話が下手なせいで生じる苦悩を、あるていど和らげてくれる。わりと自分の意図どおりに表現できるからだ。

心が疲弊しているときほど書きたくなる。お喋《しゃべ》りな女は、人と話すことがストレス発散になるらしい。李奈にとっては執筆作業がそれに当たる。

小学二年のころ、ノートに早くも小説らしきものを綴ろうとした、そんな自分をおぼえている。理由など深く考えるまでもない。両親は共働きで忙しく、ほとんどかまってくれなかった。

親に愛されない子、そういうテーマの本をよく読んだ。子は自分の殻に閉じこもり、心が傷つくのを防ぐため、空想に浸りがちになる。李奈が小説家になることを望むのは必然だった。

……そんなにおおげさな話ではないかもしれない。中二でいきなり進路をきめろといわれた。高校への進学はともかく、就職など考えたくもなかった。朝早く起き、満員電車に揺られ、上司にドヤされる。嫌だ。人と話したくない。昼過ぎまで寝ていたい。小説家で食べていければ実現できる。本音はそれしきのことだった気がする。

現状はどうか。まるで正反対だ。相手が誰だろうと話さなければ取材は始まらない。毎日早起き。電車での移動はデフォルト。気遣いこそ唯一の武器。出版社にライトミステリを売りこんでいたはずが、ノンフィクション本の執筆依頼を機に、こんな境地に立たされるなんて。

兄の航輝がきいた。「ここだよな？」

都心部を走る片側二車線の幹線道路。軽自動車が路肩に寄り、ゆっくりと停まった。講談社と同じ道沿いだとわかる。場所は護国寺駅よりも江戸川橋《えどがわばし》駅寄り。狭小の土地に建つ細いビル、都内ではめずらしくない種類の建物だった。外壁に雲雀社の看板が架かっている。

「ありがとう」李奈は助手席のドアを開けた。

「気をつけてな」航輝が付け加えた。「たまにはお母さんに連絡……」

「ラインしとく。じゃ」李奈は外に降り立つと、ただちにドアを叩《たた》きつけた。

歩道に面したガラス張りのエントランスへと歩み寄る。ここには報道陣が群れていない。理由はすぐに判明した。貼り紙がしてある。〝取材は個別にお受けします。以下の電話番号にご連絡ください〟そう記されていた。

文芸新社とちがい、盗作被害に遭った側と主張する雲雀社は、マスコミへの積極的な露出を望んでいる。インタビューの約束は、媒体ごとに取りつけているにちがいない。

李奈もそのなかのひとりだった。先週末、文芸新社の落合から連絡が入った。嶋貫克樹の担当編集者、比嘉沙織が取材を受ける意向をしめしたという。落合に感謝を伝えたのち、週明けを迎えるや、さっそく雲雀社に出向いてきた。

エントランスは自動ドアだが施錠されている。李奈はインターホンで用件を伝えた。自動ドアが横滑りに開いた。一階には小さな受付カウンターがあるものの、誰もいなかった。一基しかないエレベーターで、指定された三階へと上る。

三階には短い廊下が延びていた。突きあたりは観音開きの鉄扉だが、片側が開いた状態で固定してあった。なかに雑然とした編集部がひろがる。書籍づくりの現場は、どこもそう変わらない。資料が山積みになった事務机が、ところ狭しとひしめきあう。編集者は二十人ほどいた。誰もが忙しそうにしている。

李奈は編集部に足を踏みいれた。最寄りの机にいる男性に声をかけた。「あのう。KADOKAWAの……」

「ああ。ええと、杉浦李奈さん？　そっちへどうぞ」

指ししめされたのはフロアの隅、応接セットだった。パーティションによる仕切りもなく、編集部と一体化している。

そちらに向かおうとしたとき、ひとりの女性が近づいてきた。巻き髪に化粧の濃い四十前後、ジャケットにブラウス、ロングスカートのオフィスコーデできめている。「初めまして」女性が名刺を差しだした。「比嘉です。嶋貫克樹さんの担当をしております」

あわてて李奈も名刺交換に応じた。「杉浦です。きょうはありがとうございます」

名刺には雲雀社書籍編集部、比嘉沙織とあった。沙織はソファを勧めながら、みずからも腰かけた。「杉浦李奈さんって、小説をお書きなのね。うちでも書いてみる？　買い取りで印税はつかないけど」

落合からきいたとおりの高飛車な態度。あの嶋貫克樹の担当編集者には、いかにもふさわしい人選だった。李奈は向かいに座り、社交辞令を交わした。「機会があればぜひ……」

実際には印税のつかない仕事など受けられない。思いあがっているのではなかった。小説一篇を書くのに数か月から半年かかる。買取で得られる報酬はせいぜい二十万円弱、以後の収入は皆無。増刷が夢のまた夢でも、印税には一縷《いちる》の夢を託したい。

沙織がいった。「もうすぐ嶋貫克樹が立ち寄るけど、直接話をきいてみる？」

「ぜひ」李奈はうなずいた。

「じゃ」沙織が一枚の紙を差しだした。「まずこれに目を通して」

マスコミの皆様へ、見出しにそうあった。〝本日はお越しいただき誠にありがとうございます。嶋貫克樹への取材に関しまして、事前にいくつか取り決めをさせていただきます〟

驚いたことに、あらゆる質問がNGに指定してあった。本名、出身地、最終学歴、前職、家族構成など、いっさいたずねてはならない。許されるのは『陽射しは明日を紡ぐ』の内容に関する質問のみ。ライターとしてのほかの仕事への言及は慎んでいただく。嶋貫克樹の画像は、のちほどお渡しする三枚にかぎり掲載可能。画像の加工、トリミングは禁止。取材後の原稿はゲラ段階でチェックさせていただく。そのほか雲雀社側の意向を全面的に汲《く》むこと。

あきれて声もでない。李奈は茫然《ぼうぜん》とささやいた。「まるでトップアイドル……」

沙織は当然といいたげな表情で見かえした。「本人がそのように希望してるし、うちの方針でもあるし。岩崎翔吾が盗作するほどだから、まさしく彗星《すいせい》のごとく現れた天才作家でしょ」

「あのう……。本当に岩崎さんが盗作したんでしょうか」

まるで質問を予期していたかのように、沙織は顔いろひとつ変えず、フロアを振りかえった。「栗林《くりばやし》先生」

小太りのスーツが立ちあがった。書類の束を抱えながら歩み寄ってくる。襟には弁護士のバッジが光っていた。

栗林と呼ばれた中年男性は、事務的に名刺を差しだし、沙織の隣りに座った。名刺には顧問弁護士、栗林康三《こうぞう》とある。

「さっそくですが」栗林が一枚ずつ書類をテーブルに滑らせた。「こちらが比嘉さんのパソコンに残っている受信記録。八月十七日の午後二時四十三分、原稿のワードファイルが添付されています。次が嶋貫克樹先生のパソコンの送信記録、同日の同時刻です。そしてプロバイダーから提供を受けた送受信記録。私からの要請で特別に開示していただきました。それからこれ」

書類に写真がクリップで留めてある。この編集部の一角、事務机に座っているのは比嘉沙織だとわかる。机上にはノートパソコン、周りを十数名が囲んでいた。高齢者が多い。集団のなかに栗林の顔もあった。

栗林が説明した。「八月十七日、午後二時四十八分。原稿を受信した五分後に撮影した写真です。受信時にはこれらの方々が立ち会いました。雲雀社の社長、専務、編集長、顧問弁護士である私、日本文藝家協会《ぶんげい》の副理事、そして『週刊文春』『週刊新潮』の記者……」

「あ、あのう」李奈は驚きとともにきいた。「小説家から担当編集が原稿を受信する、たったそのためだけに、これだけの人たちを集めたんですか」

「そう。各関係者はむろん、当初は眉《まゆ》をひそめたけれども、このあとささやかなパーティーを開くということで、なんとか集まっていただきました」

「なぜそこまで……」

「比嘉沙織さんが、嶋貫克樹さんの小説家としての才能を見抜き、デビューにあたっては、いささかの落ち度もあってはならないと徹底なさったからです」

沙織がうなずいた。「欧米では大ベストセラーになった小説に、アイディア元は自分だとクレームをつける者が出現したりします。日本でもアニメ会社のラノベ募集に応募した人間が、会社に内容を盗まれたと勝手に思いこみ、逆恨みして……」

李奈はささやいた。「痛ましい事件でした……」

「そうですとも。一世一代の傑作が誕生すると確信すればこそ、作業過程を記録に残すべきと考えたんです。社長は全面的に賛同し、後押ししてくれました。嶋貫克樹さんが原稿にとりかかった日も、証拠を残してありますよ」

栗林が新たな書類を差しだした。「これが『陽射しは明日を紡ぐ』のワードファイル、最初の作成日時の記録です。やはり岩崎翔吾より三日早い」

李奈は沙織を見つめた。「小説が書き上がる前から、傑作だと確信していたんですか」

「ええ」沙織が真顔でうなずいた。「コンセプトが興味深かったし、彼の文章力は、ライターとしても遺憾なく発揮されていましたので。あ、ライター業それ自体について、本人への質問はNGですけど」

なんともむず痒《がゆ》く感じられる。李奈は努めて冷静にたずねた。『陽射しは明日を紡ぐ』発売の六日後に、岩崎翔吾さんが『エレメンタリー・ドクトリン』を出版するのを、比嘉さんは予想済みだったんでしょうか」

「いいえ。あくまで結果論です。岩崎翔吾ともあろう人が、まさかあんなに露骨な剽《ひょう》窃《せつ》をおこなうなんて、わたしたちも思ってもみませんでした」

栗林弁護士が渋い顔でうなずいた。「記録に残しておいて本当によかった。雲雀社さんはツキに恵まれています」

なんだろう。いい大人が茶番を演じ、見え透いた嘘を本当と言い張る、そんな状況にしか見えない。あるいはすべて事実なのだろうか。出版前の過剰な警戒ぶりは、一見ナンセンスに思える。しかし比嘉沙織が宣伝のため、故意に話題をつくろうとしたのであれば、まったくないとも言いきれない。そこに偶然、岩崎翔吾による盗作騒動が持ちあがってしまったのか。とうてい信じられないことではあるが。

ふいに編集部内が静まりかえった。社員らが腰を浮かせ会釈する。重役の出勤かと思いきや、現れたのは嶋貫克樹だった。

ホストのようなシルエットの黒スーツに身を包み、嶋貫が颯爽《さっそう》と立ちいってくる。サングラスのせいで目もとは見えない。だが歪《ゆが》めた口から微笑をたたえているとわかる。

沙織が顔を輝かせながら立ちあがった。栗林もそれに倣った。まるでスーパースターのお出迎えのようだ。李奈もひとり座っているわけにいかず、急いで腰を浮かせた。

嶋貫がまっすぐ近づいてきた。李奈におじぎはしない。代わりに右手を差し伸べた。ファンサービスのような仕草だった。李奈は恐縮しながら手を握った。

笑顔の沙織が紹介した。「こちら小説家の杉浦さん。KADOKAWAのほうで、岩崎翔吾の盗作を裏づけるノンフィクションをお書きになるとか」

文芸新社の落合はどんな説明をしたのだろう。李奈はもやっとしながら、嶋貫に挨《あい》拶《さつ》した。「初めまして……」

「こちらこそ」嶋貫が握手を終えた。「僕に味方してくれるんですね。ありがたい」

「事実を取材するだけなので……」

「結構。真相をありのままに書いてくださるのなら、それ以上の喜びはありません。あ、そうだ。名刺をお渡ししないと」

また名刺交換の儀式と相成る。今度はフリーランスどうしだった。受けとった名刺には、嶋貫克樹という氏名のほか、ラインのアカウントが記載されているだけだった。電話番号もメールアドレスもない。

嶋貫がサングラスを外した。悪戯《いたずら》っぽく笑う目で名刺を眺める。「杉浦李奈さん。どんな小説を書いてるの？」

「ライトミステリが数冊と、一般文芸を一冊だけです」

「そっか。僕より先輩だね」

岩崎翔吾にも同じようなことをいわれた。気分はあのときとまるでちがう。李奈は嶋貫を見つめた。『陽射しは明日を紡ぐ』拝読しました。最初はどのように発想なさったんでしょうか」

「あなたはどう思う？」

「……太宰治の『斜陽』にアウトラインが似ているかと思います」

「へえ。なるほど。そんな視点はなかったな」

「『斜陽』をご存じですか」

「もちろん。太宰治は好きで、むかしからよく読んでたから」

真意を探りたい、李奈のなかにそんな思いが生じた。本当に『斜陽』を読んだのなら、影響がなかったといいきれるだろうか。李奈は問いかけた。「太宰治に心酔したことが、嶋貫さんの創作にも……」

「いや。それはないね」

「なぜですか」

「『斜陽』に描かれる没落貴族は、太宰の想像でしかない。志賀直哉《しがなおや》や三島由紀夫《みしまゆきお》が指摘したとおり、貴族にしては庶民の言葉遣いが多用されてる。チェーホフの『桜の園』に、太宰が実家の記憶を重ね合わせた、それだけだろうな。僕としては感銘を受けなかった」

李奈は啞然《あぜん》とした。嶋貫が独自の文学論を語るとは予想していなかった。

「そうだ」嶋貫はふと思いついたように、担当の沙織に目を向けた。「僕の前の作品。『奈落の淵のイエス』を、杉浦さんに読んでもらったらどうかな」

沙織の笑みがわずかにこわばるのを、李奈は見逃さなかった。嶋貫の提案に対し、編集者は憂いを隠しきれていない。

すかさず李奈はきいた。「前の作品？『陽射しは明日を紡ぐ』が、嶋貫さんの処女作ではなかったんですか」

さすが海千山千の編集者、沙織の顔にはもう余裕のいろが戻っていた。微笑とともにさらりと告げてきた。「じつはそうなんですよ」

嶋貫が上機嫌にいった。「『奈落の淵のイエス』の原稿は、比嘉さんに預けてあるんだ。でもちょっと複雑なSFで、一般の読者にもわかりやすくするため、修正が必要だった」

「へえ」李奈はささやいた。「SFなんですか」

「ところが別のインスピレーションが湧いた。そこで先に『陽射しは明日を紡ぐ』を書いた。『奈落の淵のイエス』も近いうち出版されるけど、もう少し手直しするべきかな」

沙織がなにかを思いついたような目を向けてきた。「杉浦さん。『奈落の淵のイエス』をお読みいただけないでしょうか。小説家であられるし、修正すべき箇所を指摘していただければ……」

嶋貫が笑った。「それはいい！　僕も勉強になる」

栗林弁護士も同意をしめした。「原稿の下読みのようなものですね。しかし杉浦さんには、原稿を外にださないよう、確約してもらわないと。もちろん盗作もご遠慮願いたい」

李奈は絶句した。栗林がじっと見つめてくる。本気とも冗談ともつかないまなざしだった。

にわかに一同が笑い声をあげた。嶋貫や沙織、栗林ばかりではない。フロアにいる編集者らも笑っている。

「失礼」栗林が目を細めていった。「あなたがそんなことなさるわけありません。岩崎翔吾じゃあるまいし」

笑顔が凍りつくのを自覚しながら、李奈はなんとも不可解な思いにとらわれていた。嶋貫はどんな人間といえるのだろう。わからない。とらえどころがない。沙織の本心もいまひとつ把握しかねる。キワモノめいた態度は見せかけだけかもしれない。すべての言動に打算を感じる。

『奈落の淵のイエス』を読むメリットはある。嶋貫の小説家としての力量がたしかめられるし、雲雀社と今後も関わりを維持できる。

真の感情を胸の奥にしまいこみ、うわべは無邪気さを装う。いま李奈がとるべき行動は、たぶんそれ以外にない。すなわち二枚舌。少しはルポライターに近づけているだろうか。

「楽しみです」李奈はなんとか笑顔を取り繕った。「きょう原稿をお借りできますか。『奈落の淵のイエス』を」

「いいとも」嶋貫が腕時計を一瞥《いちべつ》した。「比嘉さん、データを彼女に渡してあげて。申しわけないけど、そろそろ失礼しなきゃ。NHKのインタビューが待ってるんでね」

# 12

嶋貫克樹の本当の処女作、ＳＦ小説『奈落の淵のイェス』を読んだ。李奈の困惑は深まるばかりだった。

構成や文体が『陽射しは明日を紡ぐ』とまるでちがう。悪く見れば、ただのよくあるライトノベルだ。やたら改行が多く、擬音語が頻出する。アニメキャラのような人物描写とセリフまわしに彩られている。たしかに難解ではあるが、それは複雑な設定が全編を埋め尽くしているせいだ。物語の構造に深みがあるわけではない。

後半はホラー調サスペンスになっていた。月面のクレーターから駆けだそうとしても、人間の四倍速で走れる宇宙生物が、絶えず外周をめぐっている。仲間が次々に餌《え》食《じき》になり、主人公ひとりが取り残されてしまう。そんなくだりが百ページ以上にわたってつづく。

『陽射しは明日を紡ぐ』の嶋貫克樹作と宣伝すれば、それなりに売れるのかもしれない。だがそうした背景なしには、とても注目される出来に思えなかった。雲雀社もそのことを承知のうえで、ただ商機は逃せない、そう判断したのだろうか。

とはいえこれを書いた人物が、次作に『陽射しは明日を紡ぐ』を著すのが不可能かといえば、そこまでは断定できない。無邪気で子供っぽい作風は意図的かもしれなかった。三島由紀夫は『金閣寺』や『豊饒の海』のような純文学以外に、『命売ります』『夏子の冒険』といった娯楽作を書いている。嶋貫も作品ごとに文章表現を完全に変えられる、そんな才能の持ち主だったとしたら。

一作目と二作目の出来に落差がある、そこにかぎれば岩崎翔吾と共通していた。『奈落の淵のイエス』には『陽射しは明日を紡ぐ』と同一の著者であることをしめす、部分的に似通った表現が見受けられる。その点も岩崎の『黎明に至りし暁暗』と『エレメンタリー・ドクトリン』の関係と同じだった。

李奈は『奈落の淵のイエス』の、栞《しおり》を挟んだ箇所を開いてみた。気になった一文を読みかえしてみる。

貞司《ていじ》は友梨奈《ゆりな》のマンション412号室を訪れた。だが友梨奈は〝方舟《はこぶね》〟に囚《とら》われたままだ。インターホンのボタンを押しても返事はない。

次いで『陽射しは明日を紡ぐ』を手にとる。やはり栞を挟んである箇所を開く。そこの一文を眺めた。

きょう叔父《おじ》の家を訪れ、チャイムを鳴らしたものの、平日のせいか留守だった。

ふつう〝訪ねる〟と表現するところを〝訪れる〟としたがる、これは嶋貫克樹に特有の癖と考えられる。原稿が〝訪ねる〟になっているのに、校閲者が〝訪れる〟と訂正したとは考えにくい。文章として〝訪ねる〟のほうが自然に読めるからだ。

"訪れる"を放置している時点で、比嘉沙織や雲雀社の校閲スタッフは、さほど細部まで読みこんでいないとも感じる。あるいはエンピツの指摘があったのに、嶋貫が頑固に修正を拒否したのかもしれない。国語的におかしくても、小説家がその表現にこだわることは、充分にありうる。

処女作と二作目、印象は大きく異なるが、やはりどちらも嶋貫の手によるものと考えるべきか。多様な作風を好むのか、あるいは振り幅を大きくすることが、一種の売りになると考えているのか。

翌日の午後、KADOKAWA富士見ビルのラウンジで、李奈《りな》は大御所ミステリー作家と面会した。丸テーブルの並ぶラウンジは、小会議室に籠《こ》もるほどではない打ち合わせに重宝される。今回は編集者の立ち会いもなく、田中昂然《たなかこうぜん》とふたりきりだった。丸テーブルを挟んで向かいあう。田中は日本文藝家協会の副理事でもあった。八月十七日、雲雀社で比嘉沙織が原稿データを受信した、その瞬間に居合わせた人物だった。小説家だけにKADOKAWAからの働きかけで、わりと容易に会うことができた。

　年齢は六十一歳、セイウチのようにでっぷり太った身体を、はちきれんばかりのセーターに包んでいる。田中は紙コップのコーヒーをすすりながらいった。「推協のパーティー、あれはよくないな。売れとる小説家が一か所に集まっとる。会場に火を放たれたら文芸界の終わりだ。芽のでない作家が犯行を思いつくかもしれん」

「はあ」李奈は受け流しながら田中にきいた。「嶋貫克樹さんの『陽射しは明日を紡ぐ』について、おたずねしていいですか」

　田中は視線をあげた。腫《は》れぼったい目がじっと見つめてくる。「きみ。『トウモロコシの粒は偶数』だったか、あれはよかった」

「……ほんとですか」

「警察の描写がわりと正確だ。証拠品として押収した郵送物について、警察が開封するには、別途書類の提出が義務づけられる。ガサ状だけじゃ無理だからな。きみはそこんとこ、ちゃんとわかっとった」

「ありがとうございます」褒められたのは嬉《うれ》しいが、評価の対象は本筋にあまり関わらない部分だった。

田中はただ蘊蓄《うんちく》を披露したかっただけかもしれない。だとすればミステリ作家にありがちな性格といえる。

なんにせよいまは自著を話題にするときではない。李奈は田中に問いかけた。「雲雀社から立ち会いを求められたとき、妙だと思いませんでしたか」

「そりゃ思ったとも。嶋貫克樹なんてきいたこともなかったし、出版記念パーティーがあるからといわれても、なんのことやらと思った。新人の初版印税なんて雀の涙だろうに、パーティーとは豪勢な話だ。正直、詐欺じゃないかと疑ったよ」

「それでも当日、雲雀社に行かれたんですね」

「ああ。あそこの社長とは旧知の間柄なんで、是非にと頼まれた。原稿のメール受信に立ち会うなんて、おかしな儀式だとは思ったが、まあ箔付《はくづ》けのためだろうとつきあった」

「たしかにそのとき、原稿の全文を受信したんでしょうか」

「まちがいない。プリントアウトされ、私たち全員に配られたからな」

「当日お読みになったんですか。『陽射しは明日を紡ぐ』を」

「読んだ。パーティーは夕方からだったので、暇でな。私以外もみんな読んどったよ」

「後日出版された内容と同じでしたか？」

「盗作騒動になり、ほかからも意見を求められたので、本になったほうも読んだ。記憶しとるかぎりでは、大きなちがいはなかったと思う」

「嶋貫克樹さんの書き上げた原稿が、ほぼそのまま出版されたということですか」

「そうだ。気になるなら雲雀社に申しいれて、初校ゲラや再校ゲラをたしかめてみたらどうだ？　入稿前の原稿も」

そのようにするべきかもしれないが、なんとなく気が引ける。雲雀社にはいちど足を運んだだけなのに、いまやすっかり苦手意識があった。質問NGの警告文書、弁護士の立ち会い、嶋貫克樹を崇《あが》める編集部の一体感。あの異様な空気にどうしても馴染《なじ》めない。

李奈は声をひそめた。「あのう。『陽射しは明日を紡ぐ』をお読みになって、どう思われましたか」

「私の感想か？」田中が見かえした。「こんな言い方はなんだが、ライターの小説処女作のわりには、文芸のイロハを踏まえた作品だった。及第点レベルだし、なにより真面目な内容だ。ただ面白みに欠けるところはあったな」

本当は処女作ではなかったのだが、そこについては明かせない。『奈落の淵のイエス』には言及しないよう、雲雀社から釘《くぎ》を刺されている。李奈はさらにきいた。「面白みに欠けるというのは、具体的にどのあたりが……」

田中がわきに置いたカバンをまさぐった。とりだされたのは新聞数紙と雑誌数冊だった。「これらに目を通したかね？」

一見してわかる。『陽射しは明日を紡ぐ』の書評を掲載した媒体ばかりだ。李奈はうなずいた。「はい」

「出版当初はなんの話題にもならず、書評も皆無だったが、盗作騒動のあとは事情が変わった。どの書評も騒動にやんわりと触れながら、これをオリジナルとする前提で、読後のインプレッションを綴《つづ》っとる」

「みなさん高く評価しておられますよね……」

「心からそう思っとるわけではないな。小説としての文体は整っとるが、正直よくわからないという戸惑いが、すべての書評から読みとれる。しかし岩崎翔吾が真似たぐらいだから、きっと傑作なんだろうと、そっちの事情に引っぱられとる気がする」

「そんなことがあるんでしょうか」

「書評家も人の子だ、先入観には左右される。たぶん盗作騒動がなきゃ、みんな見向きもしなかっただろう。私や雑誌記者らを呼びつけた雲雀社の戦略は、運よく的中したわけだ」

「本当に運だと思われますか」

田中はじれったそうな顔になった。「きみのいいたいことはわかるが、岩崎翔吾がなにを書くか、誰にも予想などできん。まさか岩崎が、無名の新人作家とそっくりの小説を、数日遅れで発表するとはな。青天の霹靂《へきれき》としかいいようがない」

「岩崎さんが盗作したとして、どうやって嶋貫さんの原稿を読んだんでしょう」

すると田中が身を乗りだしてきた。真剣な表情とともに小声でささやいた。「これは推測だ。ほかで話さないと誓えるか」

「誓います」

「雲雀社の連中は、原稿を岩崎翔吾に見せていない、そう言い張っとる。だが実際には、比嘉沙織という担当編集者が、岩崎に原稿データを送ったんだろう。私はそう見とる」

「比嘉さんが岩崎さんにですか？」

「ああ。嶋貫克樹の脱稿直後、私たちを歓待しているあいだにな」

「なぜそういえるんでしょうか」

「彼女が私たちに対し、岩崎翔吾に推薦文を頼めないかときいたからだ。みな知り合いでないと答えたのち、彼女はなにかパソコンで作業をしとった」

「ではそのタイミングで、岩崎さんに依頼のメールを送ったんじゃないかと……」

「いや。依頼のメールでなく、いきなり原稿を一方的に送りつけた可能性が高い。岩崎翔吾は大学講師だったんだし、メアドぐらいはどこかでわかるだろう」

名刺に載っていたのは、ゼミのデスクの電話番号とメールアドレスだ。しかしそのメアドに送ったとしても、岩崎翔吾宛てであれば、本人がファイルを開くだろう。

田中は紙コップを口に運んだ。「新人作家のデビューに、さほど宣伝費はかけられん。旬の作家、岩崎が推薦文を提供してくれれば、帯や広告に大きく謳《うた》える」

どこかできいた話だ。それだけに比嘉沙織が思いついてもふしぎではない。李奈はつぶやいた。「そうですね……」

「比嘉は嶋貫克樹にも内緒にしていたんだろう。社長にも伝えとらんかったと私は思う。ただやれることはなんでもやろうと必死だった。文芸編集者にはそういうところがあるからな。私たちを編集部に呼びつけたぐらいだから、当たって砕けろの精神で岩崎翔吾に推薦文を求めた。それぐらいはやりかねん」

「もしそうだとすると、岩崎さんは八月十七日に原稿データを送りつけられ、三日後に迫った締め切りに……」

「嶋貫克樹の原稿データを一部いじり、自分の作品として編集者に送った。文芸新社の担当編集は佐伯君だったな？　彼も災難だ」

疑問が李奈の口を衝《つ》いてでた。「岩崎さんは自分の二作目を書いていなかったんでしょうか？　締め切りの三日前なのに」

「書いていても不出来を自覚しとったんじゃないか。だから切羽詰まったんだろう。彼の第二作には注目が集まっとったからな。プレッシャーも相当なものだったはずだ」

「でも『陽射しは明日を紡ぐ』をほぼ丸ごとコピーすれば、あとで大変なことになると、岩崎さんも予測できたでしょう」

「きみも小説家だから知っとると思うが、締め切りまでにうまく書けなくても、とりあえずなにか脱稿しなきゃならない。そこでひとまず、なんとかでっちあげた原稿を送り、印刷所でゲラにしてもらう。初校と再校の直しを、実質的な執筆期間とし、朱字の修正と称しつつ、ほとんど全文をイチから書き直す」

「……そんなことがあるんですか」

「きみは新人だから、その場しのぎには慣れてないか。真っ赤になるほど朱字が書きこまれた、ベテラン作家のゲラを見たことないか？」

「ああ……。編集部でちらっと見たことあります」

「売れっ子になればよくある話だ。もちろんちゃんと締め切りを守る作家もいる。だが一方で、印刷所への入稿など、まだ仮の締め切りにすぎないと居直る作家もいる」

李奈はつぶやいた。「岩崎さんがそういう人だったなんて、とても思えませんが……」

「溺れる者はなんとやらだ」田中が鼻を鳴らした。「追い詰められた人間の心理は、当事者にしかわからん」

「なら岩崎さんは、二作目がうまく書けず悩んでいたところに、思いがけず新人作家の原稿が送られてきて……」

「多少手を加え、いったん入稿した。あとで大幅に書き直し、オリジナルとの共通点を極力潰《つぶ》していこう、そう考えたんだろうな」

「でも初校と再校のゲラ直しを経ても、内容はそんなに変わらなかったようですが」

「『陽射しは明日を紡ぐ』がわりとよく書けてたから、改変が進まなかったのかもしれん。あるいはコナン・ドイルが新人作家の原稿を買いとり、ホームズものの『バスカーヴィル家の犬』として発表したように、権利そのものの買収も考えていたのかもしれん。水面下の交渉が、結果としてうまくいかなかったとか」

岩崎翔吾にとっては、そこまでの傑作に思えたのだろうか。李奈はきいた。「『陽射しは明日を紡ぐ』は独創的な作品でしょうか？　太宰治の『斜陽』に似てませんか」

「『斜陽』？　ああ、なるほど。戦地帰りの弟が兄に替わっただけで、物語の骨子は同じか。しかし後半はずいぶんちがうだろう。それに全体として太宰っぽくはないよ」

「『陽射しは明日を紡ぐ』はそうでも『エレメンタリー・ドクトリン』のほうはどうですか？　太宰治の風味が感じられませんか」

「岩崎翔吾が自分の趣味を溶けこませたのかもな。なんにせよ盗作したのでなければ、彼も堂々とでてきて否定すればいい。なぜ行方をくらました？　やましいところがあったと考えるのが筋だろう」

だがやはり腑《ふ》に落ちない。李奈はすなおな思いを口にした。「とても信じられません……。岩崎さんは二作目の執筆に、特に不安を感じていないようすでした」

『小説現代』の対談は読んだよ。彼は芥川が盗作したと決めつけ、家庭環境と健康不安のせいだといっとる。いまとなっては自己弁護と思えなくもないな」

対談後の会話が自然に想起される。あのとき岩崎はいった。原稿を最初から最後まで、けっして順序を変えることなく執筆すると。

それが事実であるなら、結末を書いたのは嶋貫のほうが三日早い。岩崎が盗作した可能性がおおいに高まる。

ふと脳裏をよぎるものがあった。岩崎はUSBメモリー一本しかバックアップをとらない、そんなふうに話した。その管理はしっかりなされていただろうか。

李奈はぼんやりとたずねた。「原稿のバックアップデータが盗まれることって、ありえないでしょうか」

「さあな」田中は小説家にありがちな、探偵気どりな態度をしめした。「ミステリーの定石からいえば、怪しいのは同居人だ。奥さんでもあたってみたらどうかね」

## 13

夕方になった。李奈は駿望大学の近く、喫茶ドロテに来ていた。

ラインで事前に連絡をとりあったこともあり、学生の彩花と西尾も、ほどなく姿を現した。きょうはあとふたり女子大生の連れがいる。

ひとりはナチュラルボブのヘアスタイルに眼鏡をかけていた。名前は柳沢志帆《やなぎさわしほ》、彩花と同じ二年生で十九歳。もうひとりは髪が長く色白で、きわめて地味な印象を漂わせる。彼女は鳥居渚《とりいなぎさ》、一年生の十八歳。いずれも日本文学研究ゼミの一員だという。

李奈と学生たちで囲むテーブルを除き、店内は閑古鳥が鳴いている。声をひそめる必要はなかった。李奈はいった。「岩崎さんの奥様に会えないかな……」

カウンターのなかの河村店長が反応した。「どうかなぁ。新居にはいちど招かれたことがあったよ。ゼミのみんなも一緒にね。そこで奥様の久美子《くみこ》さんと、娘の芽依《めい》ちゃんに会ったけど……」

彩花が苦笑した。「挨拶《あいさつ》しただけだし、誰もそんなに仲が深まってないし……」

李奈は彩花にきいた。「いつごろの話？」

「最近です。でも岩崎先生が引っ越した直後だから、まだ二作目には取りかかってなかったでしょう。一作目のヒットで印税が入ってきて、新居を購入したんだし」

西尾が笑った。「そうだったね。急に羽振りがよくなったって、岩崎先生もいってた。スマホもひさしぶりに買い換えたけど、設定が面倒だってぼやいてたよ」

ゼミの学生も岩崎の家族と親しくはなかった。文芸新社や講談社をあたったが、そちらでも知り合いは皆無だった。接触の機会が見つからない。

「んー」李奈は軽く伸びをしながら嘆いた。「奥様も娘さんも、実家に帰っちゃってるしなぁ……」

すると彩花が見つめてきた。「知らないんですか？　いったん実家暮らしを始めたけど、また新居に戻ってきてるんですよ」

意外な新情報だった。李奈は彩花を見かえした。「ほんとに？」

「ネットで噂になってます。芽依ちゃんは小学一年で、やっぱりこっちの学校に通わせたいってことで、いそいそと引きかえしてきたって……。でも報道陣に囲まれてるんで、昼間からシャッターを閉めっぱなし」

「連絡はとれない？」

「それはちょっと……」

河村店長がトレーで飲み物を運んできた。「固定電話の番号はきいてる。うちにメモがあるけど、電話するのもなぁ……。でもいちおうあたってみるよ」

李奈は頭をさげた。「お願いします」

飲み物がテーブルに並ぶ。西尾の前に置かれたのはハイネケンの缶とグラスだった。

さも嬉《うれ》しそうに西尾がビールを注ぎだした。「二十歳になって真っ先に飲みたかった。村上春樹《むらかみはるき》のむかしの短編にやたらでてくるから」

彩花が嘲《あざけ》るような口調でつぶやいた。「苦いだけっていってたのに、杉浦先生の前でかっこつけちゃって」

志帆もしらけた顔でコーヒーを口に運んだ。「小さいころ『吾輩は猫である』を読んでから、ビールは嫌い」

西尾はむきになったようにグラスを呷《あお》った。「猫には毒だろ。でも象なら空き缶一ダースを踏《ふ》み潰す」

鳥居渚はひとりなにもいわず、紅茶に息を吹きかけている。

河村店長が見下ろした。「杉浦先生、またアイスカフェオレでいいのかい？　ビールは飲まない？」

李奈は首を横に振ってみせた。「太宰の『おさん』を読んで、大人になったら飲みたいと思ってたんですけど、やっぱ苦くて」

彩花が笑顔になった。「〝けさ、お盆の特配で、ビイルが二本配給になったの〟」

すると西尾が負けじとつづけた。「〝冷やしてありますけど、飲まれますか〟」

志帆が澄ました態度で訂正した。「〝ひやして置きましたけど、お飲みになりますか〟」

むっとした西尾が志帆に挑んだ。「石川啄木《いしかわたくぼく》の『雲は天才である』を知ってるか」

「〝苦学生の口には甘露とも思はれるビールの馳走を受けた〟」志帆はため息まじりにいった。「わたしたち苦学生にふさわしい一文。不況でバイトもままならない。ビールが贅沢《ぜいたく》品なのは、田山花袋の『田舎教師』当時と変わらない」

河村店長がカウンターへと退散した。「また始まった。かなわねえな。ビール一杯から文学談義に転んじまうとは」

渚だけはやはり沈黙していた。紅茶を少量すすっては、ティーカップを皿に戻す。文学から話が逸《そ》れないのはむしろ好ましい。李奈は一同にきいた。「岩崎さんは他誰とも目を合わせようとしない。

人の影響を受けて書く人だったと思う?」

ひとりもうなずかなかった。彩花の顔から笑みが消えた。「『黎明に至りし暁暗』は独創性豊かな小説です。岩崎先生が講義で話していたことの、まさしく集大成だし」

「『エレメンタリー・ドクトリン』は?」

「……前にもいいましたけど、あれは岩崎先生っぽくない」

西尾がハイネケンを注いだ。「同感だね。なにかの手ちがいだよ」

「そう？」志帆が眉《まゆ》をひそめた。「たしかに『黎明に至りし暁暗』と全然ちがう作風だけど、主人公が読者に語りかけるような文体だとか、滅びの美学だとか、太宰治と発想が共通してない？」

李奈は志帆にたずねた。「あなたは『エレメンタリー・ドクトリン』が岩崎さんの作品だと思う？」

「そうだったとしても、べつに変だとは思いません。『黎明に至りし暁暗』とは異なるかたちで、岩崎先生の文学理念が反映されてるからです。ただ前作より出来が劣ってるというだけでしょう。それもかなり」

「『陽射しは明日を紡ぐ』には、滅びの美学もほとんどなくて、太宰っぽさが希薄だけど」

「そっちは読んでません。盗作騒動に興味はないので。作品は作家から切り離して読み解くものだと思います」

西尾が鼻を鳴らした。「岩崎先生の考えとちがう」

「わたしには自分なりの読み方があるの。岩崎先生は研究者として尊敬できるけど、文学的趣味は人それぞれ」

河村店長がカウンターから声をかけてきた。「杉浦先生、どう？　こういう空気、楽しいと感じるかい？」

返答に困りながらも、李奈は曖昧《あいまい》に応じた。「ゼミのほかの学生さんたちの意見もきいてみたいです」

彩花がいった。「ゼミはほかの先生がつづけてるし、みんな出席してるから、ここに通ってればそのうち会えますよ」

李奈は無理を承知できいた。「大学には入らせてもらえない？」

「それはちょっと難しいですね……。大学側が取材攻勢にむかついて、部外者の立ち入りを制限してるし」

スマホの着信音が短く鳴った。李奈のスマホだった。メールを受信したとわかる。画面には〝雲雀社　比嘉沙織〟と表示されていた。

李奈は席を立った。「ちょっと失礼……」

店の外にでる。黄昏《たそがれ》近くの肌寒い空気に包まれた。メールを開いてみる。やたら丁寧な挨拶文につづき、『奈落の淵のイエス』をお読みになったでしょうか、そうたずねる文章があった。

急ぎ返信メールを打つ。〝拝読しました。僭越《せんえつ》ながら嶋貫さんご本人に感想と、作品の修正すべき点をお伝えしたく存じます……〟

面と向かうと話しづらくても、文章ならきっぱりと主張できる。沙織はおそらく、感想も意見もメールで伝えてほしい、そのように要望してくるだろう。やんわりとはぐらかさねばならない。ふたたび会う機会を得るためだ。

メールの送信ボタンをタップした直後、電話の着信音が鳴った。フェイスタイム、すなわちビデオ通話の着信だった。沙織からさっそく連絡かと思ったが、ちがうようだ。電話帳データに登録のない番号からだとわかった。

李奈はフェイスタイムに応答した。画面に現れたのは見知らぬ男性の顔だった。年齢は三十代、やけに貧相でくたびれた表情。どこか暗い室内にいる。職場ではなく家のなからしい。

「杉浦李奈さん?」男性が喉《のど》に絡む声でいった。「文芸新社の佐伯です。落合のほうから、連絡するようにといわれまして」

「ああ、佐伯さん。初めまして。わざわざビデオ通話で……」

「すみません。もともと対面でないと話せないんですよ。口下手で誤解されがちなので」

「もう体調はよろしいんですか?」

「お粥《かゆ》を食べられるぐらいには回復しました。じきに出社します。会社も私に落ち度はなかったといってくれてますし」

「……質問させていただくのは、出社後のほうがいいですか」

「いえ。いまどうぞ。そのために電話したんですし」

「そうですか」李奈は遠慮がちに切りだした。「おたずねしたいのは『エレメンタリー・ドクトリン』についてなんですが」

「ええ。わかってます」佐伯がしんどそうに応じた。「落合からきいたと思いますが、岩崎先生からは八月二十日に原稿を受けとりました。まちがいありません」

「原稿を添付したメールですよね？　岩崎さんが送信したのも八月二十日ですか？」

「そうです。私は会社でパソコンのメールソフトを開きっぱなしにしてるので、送信された直後に受信しました」

「佐伯さんは作品をどのように思われますか？」

「たぶん『陽射しは明日を紡ぐ』の原稿が、岩崎先生のもとに送られてきてたんじゃないでしょうか。先生は文学研究者でもあられるので、評論や推薦文を頼まれることも多々あったようで」

大御所作家、田中昂然の見解と同じだった。李奈はたずねた。「意図的な盗作だったとおっしゃるんですか」

「うちは社長も編集長もそういう見解です。たぶん岩崎先生も、ゲラ段階であれこれ手を加えていくつもりだったんでしょう。実際、初校と再校でのゲラ直しは、意識的に『黎明に至りし暁暗』の表現に似せようと努力してるみたいでした」

「それはどのていど……」

「自分のいろに染めようと必死だったようです。少なくとも私は、やたら手直しが多いなと感じました。でもあまり変わらなかった。元の絵が気にいっていただけに、それぞれの箇所に同系色の絵具を塗り重ねてしまい、完成後の印象も似通ったままだった。そんな印象です」

「するとゲラ修正前の原稿は……」

「ええ」佐伯のため息がノイズとなった。「もっと『陽射しは明日を紡ぐ』に近かったんです。岩崎さんがゲラで消した文章表現が、あっちの作品にはそのまま残っています」

岩崎の盗作はほぼ事実、佐伯の言葉はそうきこえる。担当編集者が著者を見放したのでは、疑惑が確定に傾いてしまう。李奈は緊張とともにきいた。「嶋貫さんの原稿が、どうやって岩崎さんに渡ったのだと思いますか？」

「雲雀社の比嘉さんと面識はないのですが、彼女が真相を握ってるでしょう。弁護士どうしの話し合いで追及してもらう方針だと、編集長からききました」

関係者らの話により、おおむね方向性が絞られてきた。比嘉沙織は嶋貫克樹の原稿を、こっそり岩崎翔吾に送った。推薦文を得るのが目的だった。岩崎はその原稿に一部手を加え、締め切り間際の二作目として佐伯に送り、印刷所に入稿させた。ゲラ作業中、嶋貫の作品をベースにオリジナル色を強めようと、アレンジを重ねていった。志帆のいう〝黎明に至りし暁暗〟とは異なるかたちで、岩崎先生の文学理念が反映〟されているのは、それらの箇所だろう。

李奈は画面のなかの佐伯を見つめた。「岩崎さんから連絡は……」

「ありません。行き先も思い当たりません」佐伯が額に手をやった。「すみません。また熱っぽくなってきた……。横になってもいいですか」

「はい。いえ、あの、もうゆっくりお休みになってください。いまのところはだいじょうぶですので」

「そうですか。ではお言葉に甘えまして」

「お手数おかけして申しわけありません」

「なんだか正岡子規《まさおかしき》の『病牀六尺』の描写が、ぐるぐる頭のなかをめぐってる感じで、いよいよ悟りのときかと」

「そんなことないですよ。お大事になさってください……」

通話が切れた。フェイスタイムから通常の画面表示に戻った。

飛行機の音がかすかに響く。ビルの谷間から頭上を仰ぐ。細長く切りとられた黄昏空に、飛行機雲が朱いろの線を引いていく。ゲラの修正に見えてくる。

夏目漱石《なつめそうせき》はいった。芸術は自己の表現に始まって自己の表現に終わるものである。それが文筆の基礎のはずだ。いったい岩崎翔吾になにがあったのだろう。

14

二日後、喫茶ドロテの河村店長から電話があった。岩崎先生の家に電話をかけたら、奥様がでてくれたよ、そういった。岩崎久美子に李奈のことを伝えたところ、会ってくれるらしい。

雨の降る午後、李奈は傘をさし、新川崎《しんかわさき》の閑静な住宅街を歩いた。教えられた住所を探すと、ほどなく岩崎翔吾の自宅に行き着いた。真新しい二階建ての一軒家。周りの家にくらべ、敷地がひとまわり広かった。雨戸がわりのシャッターが閉じている。

付近にマスコミらしき人影はない。

門や塀はなかった。アメリカの邸宅のように、接道から庭までが地続きになっている。洒落《しゃれ》た石畳と芝生の上を、玄関ドアに歩み寄る。インターホンのボタンを押した。

スピーカーからの応答はなく、ただ解錠の音がした。そろそろとドアが開く。色白な三十代女性が不安げに顔をのぞかせた。来客を迎えるためか、髪をきちんとセットしている。ドゥクラッセ風の落ち着いたよそ行き服に身を包む。

李奈は頭をさげた。「杉浦です」

「岩崎……久美子です。主人のことでわざわざ……」

「いえ。こちらこそ押しかけてしまいまして」

「主人について取材なさってるとか」

「はい……。少しはお役に立てるんじゃないかと……」

久美子の向こうに六歳ぐらいの少女がいる。白いワンピース姿だった。人見知りらしく母親の陰に隠れる。久美子がようやく微笑した。「娘の芽依です。芽依、お客さんにあいさつして」

芽依が蚊の鳴くような声でいった。「こんにちは」

「こんにちは」李奈は笑ってみせた。

ほどなく久美子が宅内に迎えてくれた。お邪魔します、李奈はそういって靴を脱ぎ、フローリングにあがった。一階のリビングに足を踏みいれる。

まだ新築のにおいがする。綺麗《きれい》に片付いているが、いたってふつうのLDKだった。壁掛けテレビはソニー、空気清浄機はパナソニック、無線LANの親機はバッファロー。家電はいずれも真新しい。

久美子が戸口に立った。「主人の……翔吾さんの行方不明者届はだしましたけど、その後はなにも」

「そうなんですか……」

「刑事さんが事情をききにきましたけど、翔吾さんの私物は触らせませんでした。帰ってくるかもしれないと思ってるので」

夫は自分の意志で失踪《しっそう》した、久美子はそんなふうにいいたげだった。李奈は久美子にささやいた。「いちどご実家に帰られたとか……」

「連日マスコミが押しかけたので……。翔吾さんは謝るばかりでした。弁解も反論もなく、ただ謝るだけ。その態度を見て、やましいことがあったと後悔してるのだろうと思いました」

「でもお戻りになったんですね」

久美子はため息まじりにいった。「いまになってよく考えてみると……。翔吾さんは毎日ちゃんと執筆してました。締め切りの三日前どころではありません。一作目が刊行され、この家が建つ前後から、ずっと原稿を書きつづけてたんです」

「途中で原稿をご覧になりましたか」

「はっきりとは……。でも書斎にお茶を運ぶたび、パソコンの画面に原稿が映ってるのを見ました。文章までは記憶してませんけど、小説の文体でした」

「出版された『エレメンタリー・ドクトリン』と同一の内容だったと思いますか？」

「さあ。今度の本は読んでないんです。読んでもわからない気がします。一文もおぼえていないので」

「脱稿がいつだったかわかりますか」

久美子がいっそう暗い顔になった。「マスコミにもさんざんきかれましたけど……。やはり八月二十日です」

「たしかなんですか？」李奈はきいた。

「脱稿のお祝いに晩酌したとき、そこのテレビが映ってました。NHKの創立記念日、ニュースがそういってました。調べてみたら八月二十日でした。ほかにもいろいろおぼえてます。あの日、アマゾンで注文したお肉が届きました。八月二十日だったと記録に残ってます」

「岩崎さんのパソコンは調べましたか？」

「いえ。翔吾さんはパソコンを顔認証でロックしてるので」

「どこかにロックを外す相談は……」

久美子は首を横に振った。「翔吾さんが帰るまで触りたくなくて」

なにかが気になった。李奈はあえて問いかけた。「岩崎さんが無事で帰ってくると信じておられるんですね」

沈黙が降りてきた。なぜか久美子は目を逸《そ》らした。無言のまま答えない。芽依が心配そうに母親に寄り添う。久美子は娘を見下ろした。それが反応のすべてだった。

警察なら、どうかしたのかと問いただすだろう。けれども李奈にそんなつもりはなかった。「脱稿後ですけど、出版社から二回ゲラが送られてきたと思いますが、岩崎さんはどんなごようすでしたか」

「いつもどおり粛々と仕事をこなしてました」

「唸《うな》ったり、苦渋に満ちた表情をしたりとか……」

「ありません。いつも冷静でした」

「岩崎さんの仕事場を拝見できますか」

久美子はためらうようすもなく、娘とともに廊下にでていった。「こちらです」

李奈は後につづいた。書斎ものぞけることになった。だんだん取材活動に慣れてきた、そんな自覚がある。相手の反応を考慮し、嫌がっている質問に踏みこまないことで、やりとりがわりとスムーズに運ぶ。あるいは久美子が年下の李奈を気遣ってくれている、それだけだろうか。

六畳ほどの洋間に入った。岩崎翔吾の書斎だった。木製のデスクのほか、本棚ばかりが三方の壁を囲む。調度品の類《たぐ》いはいっさいない。文学全集が本棚を埋め尽くす。ほかには『大学教員の授業方法』や『博士号につながる教科教育実践学論文』、『古文単語教室』といった背表紙が並ぶ。

本棚には『トウモロコシの粒は偶数』もあった。推薦文の依頼に応《こた》えた、そのお礼に献本されたのだろう。帯がついたままだった。本棚から引き抜く気になれない。本棚の最下段に放置されたダイレクトメールの束と同じく、いずれゴミ箱行きだろう。

カレンダーのわきにメモ用紙が貼ってあった。〝子なし　共働き　２３２〟と書かれている。李奈はそれを指さした。「これ、なんですか?」

「さあ。前から気になってたんですけど、意味はさっぱり……」

「岩崎さんの字ですか」

「はい。まちがいありません」

「失礼ですが、久美子さんはお仕事を……」

「専業主婦です。子供もいますし、うちには当てはまりません」

「232というのも……」

「思い当たるふしがありません」

デスクの上も気になった。ノートパソコンはあるものの、わきにどけられている。中央には原稿用紙の束が据えてあった。四百字詰めで数十枚、なにも書かれていない。

李奈は奇妙に思った。「岩崎さんは原稿を手書きで？」

「いえ」久美子が否定した。「そのパソコンを使ってました。でも外には持ちださないので、出先では原稿用紙にメモ書きをしてたんです。前に翔吾さんがいってました。表現のアイディアを書き留めておくのに重宝する、原稿用紙なら字数もおのずとわかるって」

物語でなく文章表現のアイディアにこだわるあたり、いかにも岩崎翔吾らしい。李奈はふと思いついたことをたずねた。「その原稿用紙が流出した可能性はありますか」

「おそらくないんじゃないかと……。翔吾さんは原稿用紙のほうも、きちんと管理してました。USBメモリーと一緒に、その引き出しにいれて、鍵《かぎ》をかけてたんです」

「いまも入ってますか」

「USBメモリーは入ってると思います。でも原稿用紙はないでしょう。作品を書き終えたあと、落ち葉と一緒に庭で燃やしてました」

李奈は引き出しに触れた。把《と》っ手《て》を引っぱってみる。たしかに鍵がかかっていた。思わずため息が漏れる。「原稿のバックアップはUSBメモリー一本だけって、岩崎さんが話してましたけど」

「そうだと思います。翔吾さんは倹約家で、USBメモリーも一本しか買いませんでした。毎日、ノートパソコンで書いた原稿をUSBメモリーに保存し、引き出しにしまう。その繰りかえしです」

ノートパソコンの電源は入っていない。ディスプレイの上にウェブカメラが埋めこまれている。そのカメラにより顔認証がおこなわれる仕組みだろう。

李奈は思わず唸った。「引き出しの鍵は……」

「翔吾さんのキーホルダーに付いてました。クルマのキーと一緒です」

岩崎はクルマごと姿を消した。引き出しの鍵は持ち去られたままだ。

念を押しておきたいことがあった。李奈は久美子にきいた。「奥様は二作目の原稿を、はっきりとは見てないんですよね？」

「はい……。翔吾さんはもともと執筆の話をしない人でした。ただ一回だけ、結婚して何年か経ってから、翔吾さんがいいました。高校生のころから書き溜《た》めてる小説があるけど、まだ完成しないって」

「それも見せてくれなかったんですか？」

久美子がうなずいた。「当時は原稿用紙に書いてたみたいですけど、小説として体裁が整ったものだったかどうかはわかりません。でもたぶんそれが『黎明に至りし暁暗』の原型だったんでしょう。翔吾さんの小説を初めて読んだのは、処女作が本になったときです」

「どう思われましたか」

「素晴らしかったです」久美子の疲弊した顔に微笑が浮かんだ。「こんなすごいものが書ける人と結婚したんだなぁって実感しました」

それだけに二作目の盗作騒ぎは衝撃的だったにちがいない。いまそのことに言及して、久美子を傷つけたくはなかった。

「あのう」李奈は遠まわしに頼むことにした。「業者さんならこの鍵を開けられると思います。パソコンのロックのほうも……。もしその気になったらご連絡いただけないでしょうか」

久美子が憂いの表情に転じた。「なかを調べる必要があるんですか」

「ええ、できれば……。どんないきさつがあったかわかれば、岩崎さんがどこへ行ったかも判明するかもしれません」

「……わかりました。考えてみます」

芽依が歩み寄ってきて、リカちゃん人形を差しだした。母親と李奈が打ち解けてきた、そう感じたのかもしれない。かまってほしそうにしている。久美子が軽くたしなめた。李奈はしゃがんで、また今度遊ぼうねとささやいた。芽依は寂しげな目で見かえしたものの、小さくうなずいた。

階段を下り、玄関を送りだされる寸前、久美子が声をかけてきた。「杉浦さん」

「はい?」

「取材を通じ、翔吾さんの居場所とか、見当はついてるんでしょうか」

「いえ。それはまだ……」

「翔吾さんは対談のなかで、杉浦さんを評価してましたよね? あなたも翔吾さんを尊敬なさってるって」久美子が気遣わしげな面持ちになった。「今度の本では翔吾さんを擁護してくださるんでしょう?」

切実なまなざしがじっと見つめる。李奈は戸惑いをおぼえた。なにひとつたしかなことはいえない。事実があきらかでないからだ。ノンフィクションの執筆を依頼された以上、そこに嘘が混じってはいけない。小説とはちがう。

それでも久美子を苦しめるつもりはなかった。李奈はいった。「もちろんです。本日はありがとうございました。失礼します」

芽依にも目で別れを告げた。傘を手にとり、おじぎしながら庭をでる。雨はやんでいた。ドアが閉まる音をきいたとき、李奈は心底ほっとした。

やはり自分はルポライターに向いていない。人の心に土足で踏みいるなど論外だった。ただ辛《つら》さばかりを嚙《か》み締めるしかない。徐々に判明しつつある現実、それを直視するのが怖くて仕方なかった。

住宅街を歩きながらスマホをとりだした。雲雀社の比嘉沙織から、また催促のメールが入っている。『奈落の淵のイエス』を早く印刷所に入稿したい。だから会って話をきかせてほしい、その一点張りだった。

画面をインターネットブラウザに切り替える。検索窓に打ちこんだ。〝子なし　共働き　232〟。

検索結果は曖昧《あいまい》なものばかりだった。子供のいない世帯、共働き妻の平均的な給料。

手取り額の一覧表のなか、六十歳から六十四歳の平均収入が232万円。検索サイトが見つけだしたワードはそんなところでしかない。

雨あがりの路地を新川崎駅へと向かう。いまは比嘉沙織をあたる以外にない。事実はどうあれ、嶋貫克樹の原稿を岩崎翔吾に送っていない、沙織にはそう主張しつづけてほしかった。岩崎が『陽射しは明日を紡ぐ』を読んでいたと確定すれば、盗作はかぎりなくクロに近づいてしまう。ノンフィクション作家としては失格でも、そんな真相は受けいれたくない。李奈は打ちひしがれそうになっていた。小説ならいかようにも書けるのに。

## 15

李奈が比嘉沙織と会ったのは、お台場《だいば》にあるフジテレビのタレントクローク内だった。出演者控え室のドアが連なる通路に、いくらか広いマネージャーの待機場所がある。小規模なラウンジの様相を呈し、テーブルと椅子が連なっている。

そこに李奈は呼びだされた。嶋貫克樹が番組に出演中、付き添いの沙織は手が空いているから、ちょうど応じられるという。わざわざそんな状況を自慢したがっているのは明白だった。

業界人のごとく着飾った沙織と、李奈は対面に座った。プリントアウトした原稿の束をテーブルに置く。沙織が眉《まゆ》をひそめた。局内で小説の打ち合わせをする姿を見られたくない、そう顔に書いてある。どうやら彼女にとっては、出版物はテレビ番組より下の扱いらしい。

李奈は気にせずにいった。「この『奈落の淵のイエス』ですが、後半の展開は成り立ちません」

「あら……」沙織が表情を曇らせた。「どうしてですか」

「クレーターの外周を、宇宙生物が四倍の速さで駆けめぐるんですよね？　でも宇宙生物は一匹なので、余裕で脱出できます」

「杉浦さん」沙織はやれやれという顔になった。「数字は苦手？　嶋貫克樹はちゃんと計算してますのよ。わたしたちも確認してます。クレーターの半径が約一キロだから、半周は円周率の三・一四キロ。中心から宇宙生物がいるのとは逆方向に走っても、確実に捕まって殺されてしまうの」

「クレーターの半径は一キロなんですか」

「そう。はっきり書いてなくても、描写からおおよその距離を読みとれない？」

「なら主人公はまず、クレーターの中心から半径約二百二十二メートルの円周上を走ります」

「はあ？」

「その約四・五倍がクレーターの周囲なので、主人公は中心を挟んだ直線上に、宇宙生物と向かい合えます。そこから宇宙生物と逆方向にまっすぐ走ればいいんです」

「……宇宙生物が追いつけない？」

「はい。捕まらずに脱出できます」

「だけど、あの、主人公にそんな計算なんかできないでしょ」

「計算しなきゃ脱出できないんじゃなくて、クレーターのなかをうろつくだけでも、それぐらいの時間差に気づけるはずです。計算はあくまでその事実を裏付けるものです」

「半径一キロってのが問題なのよね？　そうは書いてないでしょう」

半ばあきれながら李奈はきいた。「さっき一キロだと……」

「いいえ。明記してないんだから、なんとでも受けとりようがある」

「一キロでなくても同じことです。クレーターの中心から、半径の九分の二の円周上を走れば、やっぱり脱出できます」

「あなた数学が得意だったの？」

「エクセルで計算しただけです……」

「四倍速ってのが問題なのよね？　なら五倍速にしましょう」

「主人公は終盤、宇宙生物が仲間の死体を食べてる隙に逃げるんですよね？　五倍速にすると追いつかれちゃいますけど」

「宇宙生物が見えないことにしましょう。クレーターの縁に隠れているとか、透明だとか」

「趣旨が変わってきませんか？　互いに姿が見えているから、駆け引きが成り立つんですよね？　後半はそのハラハラ感だけで引っぱってますけど、ぜんぶ削除するんですか？」

「……やっぱり直さなくてもいいでしょう。どうせそんな細かいところまで気づく読者はいないし」

「そんな考え方はまずいですよ。『陽射しは明日を紡ぐ』で話題になった嶋貫克樹さんの作品です。真価はこの作品で問われるでしょう」

「そこはいいの」

「比嘉さん……」

「いいっていってるでしょ！」沙織は怒鳴った。「いまだせば売れるの！　宇宙生物宇宙生物って、なによくだらない！」

タレントクローク内にいる人々がいっせいに振りかえった。沙織はたじろぐ反応をしめした。体裁悪そうな顔でうつむく。

余裕を漂わせた業界人気どりは、虚勢を張っているだけか。ずいぶんストレスが溜《たま》っているようだ。李奈はささやいた。「くだらない作品だとわかってるんですね」

沙織は目を泳がせた。ため息をつくと、居直ったように背筋を伸ばした。「一読してわかるでしょ。本当のことをいえば、幼稚すぎて話になんない」

「本音でそう思っていても、おくびにもださないのが編集者なんでしょうか」

「あなたも小説家だからわかるでしょ。無理にでも内容を褒めたたえたメールを、編集者から受けとった経験ない？　人物がよく書けてるとか、このくだりが泣けたとか、興奮したとか感動したとか。出版が本決まりになってれば、駄文も名文として持ちあげる」

「そういうものなんですか……？」

「純粋ね」沙織が仏頂面で鼻を鳴らした。ひとりごとのようにつぶやく。「エクセルねぇ。推理小説もエクセルで計算しながら書いたりするの？」

「数学的なトリックが絡むのなら……」

「編集長はよく嘆いてる。時刻表トリックを扱った小説が〝駅すぱあと〟のせいで、どれもこれも過去の遺物になっちゃったって」

「〝駅すぱあと〟？」

「それ自体がとっくに過去の遺物なんだけど」

「あのう、比嘉さん。嶋貫さんの担当になったきっかけは？　経緯が知りたいんですが」

沙織はあきらめたように、また深くため息をついた。ぞんざいで投げやりな口調で告げてくる。「ライターの嶋貫克樹が、小説を書いたといって『奈落の淵のイエス』を売りこんできた。正直とても出版できそうにないと思った。だから多少の手直しが必要とだけ返事しといた」

「でも嶋貫さんが次に『陽射しは明日を紡ぐ』を書いて、事情が変わったんですね」

沙織はその問いに答えなかった。代わりに重要な事実を、いきなり独白した。「岩崎翔吾に原稿を送った」

「……はい？」

「うちの編集長の竹岡《たけおか》も知ってることだけど、岩崎翔吾のコメントがほしくて、原稿をメールに添付して送ったの」

「原稿って……。『陽射しは明日を紡ぐ』を、岩崎翔吾さんに送ったんですか」

「そういってるでしょ」

「誰が送信したんですか」

「嶋貫克樹が八月十七日に、わたしに原稿を送信した直後、岩崎翔吾のメアドにも送った」

李奈は内心うろたえていた。憶測が事実として裏付けられつつある。冷静を装いながら李奈はきいた。「嶋貫さんは岩崎さんのメアドを知ってたんですか」

「ええ。アポをとろうとしても撥《は》ねつけられるから、一方的に送ってしまえばいいって。それで推薦のコメントがもらえればラッキーだっていってた」

「あなたや編集長さんは、それに賛同したんですか？」

「うちは小さな会社だし、本の宣伝にお金なんかかけられない。ゲリラ的戦法は日常茶飯事」

「なぜ嶋貫さんは、岩崎さんのメアドを知ってたんでしょうか？」

「さあ。彼は教えてくれなかった。独自の情報源とかいってたけど、ライターとしてあちこちの編集部を渡り歩くうち、どこかで偶然目にしたにすぎないでしょ」

「駿望大学のゼミのメアドですか?」

「いえ、岩崎翔吾の個人のメアド。たしかヤフーのフリーメールだとかいってた」

「でもあなたは、編集部に招いた田中昂然さんたちに、岩崎翔吾さんへの推薦文を依頼できないか相談しましたよね?」

「嶋貫さんがそうしてくれって頼んできたから。それで誰かが仲介してくれれば、推薦文を得られる確率があがると思ったんでしょ。だけど嶋貫さんは独自に岩崎翔吾のメアドを入手したみたい」

「比嘉さん」李奈は身を乗りだした。「『奈落の淵のイエス』がこんな出来だったのに、なぜ『陽射しは明日を紡ぐ』は注目に値すると、脱稿前に予想できたんですか。原稿の受信に大勢の部外者まで立ち会わせるなんて」

「予想できたんじゃなくて、それも嶋貫の希望。当日の出版記念パーティーの費用を、彼がだすといって、わたしたちに人を集めさせたの」

「費用……。あのう、パーティーっていうからには、牛角で集まるていどの規模じゃないですよね?」

「当然でしょ。ホテルメトロポリタンエドモントの宴会場を借りたの。推協の懇親会が開かれるところよね」

李奈は驚いた。「かなりの費用がかかったでしょう」

「もちろんそうだけど、総額五十万円ぐらいじゃない？　フリーライターの彼でも、キャッシングで借りれるていどの金額。それで小宴会場を二時間貸し切り。ケータリングもつく」

「雲雀社さんは援助しなかったんですか？」

「五十万なんて、うちのどこにそんな余裕があると思う？　作家が無茶してでも、自前で宣伝を打とうとすれば、それに乗っかる出版社は少なくない。もちろん表向きには、会社がやったような顔をするけど」

「そんなことが本当に……」

「たいていは文化人や芸能人、富豪の社長なんかが、赤字を承知でやったりする。本の出版を誇りたいがために見栄《みえ》を張るの」

耳を疑う話だった。李奈はつぶやいた。「出版記念パーティーなんて、もとがとれるはずがないのに」

「ああいう人たちは、人脈を集めたり新しい仕事につなげたりする、その布石として本をだしたがってるだけなの。ようは世間に露出できればなんでもいいんだけど、本は簡単だから選ばれやすい。うちみたいな中堅以下の出版社はよく利用される」

「でも嶋貫さんは専業のフリーライターですよね？　執筆が本業でしょう」

「そう。それに当初は無名だった。馬鹿げた結果になるのは目に見えてたけど、お金をだすっていうから、うちの会社も乗ったの。呼び集めた人たちに原稿を読ませてびっくり。大御所の田中昂然までが、それなりに褒めてたし」

「……比嘉さんはいい出来だと思わなかったんですか？　『陽射しは明日を紡ぐ』を」

沙織は悪びれたようすもなくいった。「出来の善し悪しは関係ない」

また面食らわざるをえない。李奈は沙織を見つめた。「関係ない？」

「申しわけないんだけど、KADOKAWAさんで本をだしたり、講談社さんで対談したりしてるあなたにはわからない。うちみたいな会社にしてみれば、本なんて二百ページぐらい、ただ活字で埋まってりゃいい。売れる商品かどうかだけが問題」

「でも評判が悪ければ売れないでしょう」

「そんなことはない。よく書けてても売れないのが本ってもんだし。たとえアマゾンで星1つのレビューが数百件ついても、話題になれば売れる。勝者はそっち」

「ほんとにそう思ってるんですか……？」

「編集長の竹岡がいってた。旬の人物が本をだしてくれるなら、内容はゴミみたいなポエムで充分。それも三編あれば、あとは解説や考察をほかのライターに書かせ、イメージフォトでページを稼げばいい」

どろどろとした出版界の闇に呑《の》まれていくような気がした。李奈は焦燥に駆られた。

「そんなことを編集長さんが……」

「なんなら百二十ページていどしかなくても、ぜんぶ厚紙にしとけば、三百ページぶんの束《つか》をだせる。厚紙のほうが安いからコストも下がる」

「社長さんが黙ってないのでは？」

「うちの社長？　昭和のころ灰皿やフリスビーを投げて、自分で写真を撮って、未公開ＵＦＯ写真集として出版した人よ。それが五十万部のベストセラーになった」

「失礼ですが……。最初からそんなお気持ちで入社されたわけじゃないでしょう？」

沙織の視線がテーブルに落ちた。しみじみと語るようにつぶやきを漏らした。「谷《たに》崎《ざき》潤一郎《じゅんいちろう》が好きでね。中学生のころ『細雪』を読んでからずっと。そっけなさが美しくて」

「わかります」李奈は心からいった。「最初はいかにも男目線の女の描き方だなと思えますけど……」

「そうね」沙織が同意をしめした。「谷崎は案外、的確に女を描写してくる。自分にないものを持ってる女に対し、愛憎ふたつの感情で揺れ動いてたんじゃないかと思う。だから観察眼が鋭い。表現力も驚異的」

「すごく読みやすいですよね。自然にすべてが伝わってきます」

しばし沈黙があった。沙織は居住まいを正した。「編集長の竹岡は、ただ嶋貫の提案に乗っただけではないの。竹岡も文芸をだしたがってた。それが稚拙なものでも後押しする気でいた。『陽射しは明日を紡ぐ』が思いのほか上出来だったから、竹岡もびっくりしてたけど」

「岩崎翔吾さんの推薦文は得られると思ってましたか？」

「向こうから返事もなかったし、送ったこと自体忘れてた。岩崎翔吾が出版を進めている二作目が、まさか嶋貫の原稿をいじった物だなんて、夢にも思ってなかった」

「どう対応すべきか、社内で協議したりしませんでしたか？」

「嶋貫克樹が雲雀社に飛んできて、静観しようと提言した。つまり岩崎に原稿を送った事実を、当面は世間に伏せておく」

「それも嶋貫さんの考えだったんですか？」

「ええ。雲雀社からはなにも発表しない。どうせ世間は、天下の岩崎翔吾の新作を、無名作家がパクったといいだすにきまってる。こっちとしては最低限の防御に留《とど》めておき、非難の声が強まったら、徐々に反撃していけばいい。幸いにも脱稿が三日早いことが記録に残ってるから、最終的に向こうをねじ伏せられると」

「……岩崎さんに原稿を送ったことを伏せたのは、騒動を大きくして本を売るためですか」

「そう。岩崎翔吾の盗作行為が早々に証明されれば、嶋貫克樹の格は上がるかもしれないけど、騒動は収束に向かってしまう。それじゃ本はろくに売れない。盗作疑惑の真偽がわからないからこそ、岩崎の読者がこっちの本も買う。ま、炎上商法よね」

「嶋貫さんはそれでいいとおっしゃったんですか」

「もともと彼の発案だからね。騒動が途方もなく大きくなったのち、そういえば岩崎に原稿を送っていましたと認める。それにより嶋貫克樹の小説こそオリジナルだったと結論がでる。以降は作家として安泰だって」

「……本当に安泰でしょうか」

沙織は『奈落の淵のイエス』の原稿を眺め、浮かない顔でいった。「これを読むかぎり無理でしょ。だからあなたに協力してもらって、少しでも原稿の質を高めようと思った。でも駄目なものは駄目ね。手っ取り早く稼いだほうがいいって、社長もいってた。『陽射しは明日を紡ぐ』の完成度はまぐれでしかないって」

まぐれときめつけるべきだろうか。李奈は沙織を見つめた。「『陽射しは明日を紡ぐ』を書けたのが嶋貫さんの才能だとしたら、見放すには早すぎませんか」

「ならKADOKAWAさんなり講談社さんなりから声がかかるでしょ。嶋貫がそれに応《こた》えればいい。うちは無難にお金を稼ぐ。雲雀社が嶋貫に賭《か》けるのは『奈落の淵のイエス』まで。勝ち星はそこどまりと見てるから」

海千山千の嶋貫は、どういう状況が待ち受けているにせよ、うまく泳ぎきるかもしれない。問題は岩崎翔吾だった。李奈は沙織にたずねた。「岩崎さんの失踪《しっそう》まで予想済みだったわけじゃないんでしょう?」

沙織の目が泳いだ。「正直怖くなってきた。うちの社員はみんなそういってる。早めに嶋貫の本を売って、さっさとビジネスを終わらせたいのも、そこに本音があって」

「失礼ですけど、版元の責任は免れませんよね?岩崎さんに原稿を送っておきながら、黙っていたのはなぜかと、警察から追及されるかも」

「それは困る……。杉浦さん。わたしからきいたとはいわず、事実を公表してくれない?じつは八月十七日の段階で『陽射しは明日を紡ぐ』の原稿が、岩崎翔吾の手に渡っていたって」

「経緯を伏せたままでは誰も納得しないでしょう」

「……やっぱりそうよね」沙織が打ちのめされたように下を向いた。

雲雀社にとって懸念すべき点はほかにもある。岩崎に原稿を送っていたと公表しても、それだけで盗作の証明になるだろうか。李奈はきいた。「弁護士さんたちが確認したのは、嶋貫さんが原稿にとりかかった日と、脱稿した日だけですよね？ファイルは当初作成したまま、何日も白紙のままだったかもしれないし、脱稿も岩崎さんより三日早いってだけじゃ……。執筆途中の経過は記録にないんですか？」

沙織は首を横に振った。「原稿は完成後にしか送られてこなかった」

「嶋貫さんのパソコンを確認できませんか。日ごとの作業がログに残ってるかも」

「わたしからはとても頼めない……」

「岩崎さんは毎日ちゃんと小説を書き溜《た》めてたと、奥様がおっしゃってます。締め切りの三日前に送られてきた嶋貫さんの原稿を、自作と偽って発表したのだとすると、それまで書いてた小説はどうなったんでしょう？」

「わたしにわかるわけがない。それこそ岩崎翔吾のパソコンを調べたら？」

「ロックされてるんです。個人的に業者をあたってくれるよう、頼んではあるんですけど……」

沙織の表情が変わった。李奈の肩越しに向こうを見つめ、笑顔を取り繕いながら立ちあがる。李奈は沙織の視線を追い、背後を振りかえった。

テレビでよく目にするタレントたちが控え室に戻っていく。そのなかに嶋貫克樹がいた。光沢のあるスーツを着ている。嶋貫はこちらに視線を向け、上機嫌そうに歩いてきた。

「やあ杉浦さん」嶋貫は悠然といった。「こんなところにおいでになるなんて」

沙織が嶋貫を見つめた。「わたしが呼んだんです。『奈落の淵のイエス』の感想をうかがいたくて」

「そう」嶋貫がテーブルの原稿の束を見下ろした。「どうかな。なにか問題あった？」

すかさず沙織が応じた。「全体的には素晴らしいまとまりぐあいだと……。ただ一か所、ささいな問題点があるので、そこを修正していただければ」

「へえ。どんな？」

「詳しくうかがってますので、わたしからのちほどご説明します」

目の前にいるのはいつもの比嘉沙織だった。さっきまでのすなおさをのぞかせた、どこか退廃的な大人の女性は、すっかり姿を消していた。

沙織は嶋貫に怯《おび》えている。胡散臭《うさんくさ》い商売とわかっていながら、会社を儲《もう》けさせる機会を失ったのでは、自分の出世に響くと考えているのだろう。表情や態度、素振りから痛いほど伝わってくる。

「失礼します」李奈は頭をさげ、その場から立ち去った。

返事をまたず通路を遠ざかる。空虚さに追いつかれまいと歩を速めた。本はただの商品にすぎないのか。売れなければなんの意味も持たないのだろうか。

## 16

李奈は初めて文芸新社の社屋に入った。

通された部屋は、どの会社にもありがちな小会議室でしかない。それでもきょうの集まりは重要だった。岩崎翔吾の妻、久美子が来ているからだ。文芸新社の編集部からも、前に会った落合のほか、まだ病み上がりの佐伯が青い顔で同席していた。

一同はソファに座り、テーブルの作業を見守っている。つなぎを着たデジタルフォレンジック業者が、テーブルのわきにひざまずき、ノートパソコンをいじっていた。さまざまな機材を接続するうち、画面が複雑に切り替わりだした。

久美子が持参したのはノートパソコンだけではない。そのわきにUSBメモリーが一本横たわっている。

李奈は久美子にきいた。「引き出しの鍵《かぎ》は問題なく開きましたか？」

「ええ」久美子がうなずいた。「電話一本で鍵屋さんが来てくれて、ほんの数分で」

「USBメモリーのほかには……」

「万年筆やシステム手帳がありましたけど、どちらも未使用でした」

決心してくれて助かった。これでパソコンとUSBメモリーの中身が確認できる。いままで得てきた情報が裏付けられるか否か、なにより岩崎翔吾がどこへ行ったか。手がかりが残されていてほしい。

落合が疑問を口にした。「本人の了解なしにロックを解除するのは、法的に問題ないんですか」

室内にはもうひとり、文芸新社の法務部に属する富田《とみた》弁護士がいた。富田は平然と首を横に振った。「問題ありませんよ。岩崎翔吾さんが行方不明という、れっきとした理由があるし、奥様の同意があればかまいません」

業者がいった。「解除できました」

画面にはデスクトップアイコンが並んでいる。李奈は身を乗りだした。「原稿のファイルはありますか」

ＨＤＤ内にあるファイルの種類が検索される。ワードやテキストなど、文書を保存するあらゆるファイルの一覧が表示された。意外なほどファイルの数が少なかった。大学講師としてのスケジュールに関わるメモがほとんどで、小説の原稿はいっさいない。

削除済みか。李奈は業者に頼んだ。「ネットのブラウザを立ち上げて、ヤフーメールをチェックしてもらえませんか」

ヤフーのトップページに切り替わる。業者がメールのアイコンをクリックした。幸いにも岩崎は、ＩＤとパスワードを保存状態にしていた。なんの入力も求められることなく、受信箱の中身が表示された。

件名の一覧表示。プロバイダーや通販業者、アプリ発信元からのダイレクトメールばかりだった。

落合がため息をついた。「ヤフーメールあるあるだな。あちこちの登録に使うだけのメアド」

佐伯もうなずいた。「私との仕事では、いちどもこのメアドを使ってません」

業者がパソコンを操作し、画面をスクロールさせる。八月十七日まで遡《さかのぼ》った。比嘉沙織の証言どおりなら、嶋貫克樹の原稿が送られてきた日になる。

ところがそれらしき受信メールは見あたらなかった。業者は一通ずつメールを開き、文面を確認したが、すべて無関係のダイレクトメールにすぎなかった。

「削除された可能性もある」李奈は業者にいった。「ごみ箱をたしかめてもらえませんか」

カーソルがヤフーメールのごみ箱にあてがわれる。クリックした。中身はからだった。念のためデスクトップのごみ箱も調べられたが、やはりそちらにもファイルはなかった。

落合が唸《うな》った。「ヤフーは削除済みのメールを復元できますかね？」

富田弁護士は難しい顔になった。「無理でしょう。ヤフーメールはブラウザで使用しますから、サーバーもヤフー側にあります。過去の事件で、裁判所命令により復元の要請がなされたことがありますが、消えたものは戻らないとの回答でした」

業者がアウトルックのメールサーバーを起動させた。こちらには大手プロバイダーのメールアドレスが登録してある。過去の送受信メールも、すべてパソコンのＨＤＤ内に保管されている。送受信後はクラウドにデータが残らない設定になっていた。

佐伯が画面を指さした。「これだ。私が知ってる岩崎先生のメアドはこれです。送信済み一覧を見せてください。八月二十日を」

八月二十日、十六時十五分。件名に〝『エレメンタリー・ドクトリン』原稿送付〟とある。クリップのマークが添付ファイルの存在をしめしていた。

佐伯様
なんとか原稿を書き上げました。どうぞよろしくお願いします。
岩崎

メールの本文はそれだけだった。添付されたワードファイルが開かれる。小説の文面が表示された。

冒頭を一読しただけで憂鬱《ゆううつ》な気分にさせられる。この一文は、出版された『エレメンタリー・ドクトリン』になく、『陽射しは明日を紡ぐ』にある。やはりオリジナルは『陽射しは明日を紡ぐ』か。岩崎がゲラ段階で手を加え、独自色をだそうと改変したのだろう。佐伯の証言どおりと考えるのが妥当に思える。

李奈は佐伯に質問した。「たしかに受信した原稿ですか」

「はい」佐伯がため息とともにうなずいた。「岩崎先生の原稿です……」

業者は受信メール一覧をスクロールさせた。こちらの八月十七日にも、嶋貫から受けとったメールはなかった。

USBメモリーの中身も確認してもらう。業者が自前のノートパソコンをとりだし、スロットにUSBメモリーを挿入した。開いたウィンドウにPDFファイルが並んでいる。どれも大学の業務関連の文書だった。授業を撮影した動画ファイルも多い。

しばらく操作したものの、業者は首をかしげた。「削除済みのファイルがあるんじゃないかと思って、復元を試みたんですけど……。動画ファイルのせいで、空き容量がほとんどありませんね。消えたファイルがあったとしても、すべて上書きされてます」

こちらも復元は不可能らしい。李奈は意気消沈しながらたずねた。「ノートパソコンのHDDはどうですか。消去されたファイルを復元できませんか」

「ただちにやってみます」業者は岩崎のパソコンに向き直った。

久美子が暗い顔でささやいた。「主人はみなさまに、ご迷惑をおかけしたんでしょうか」

富田弁護士があわてぎみに否定した。「そんなことはありませんよ」

李奈は久美子を痛ましく思った。夫を責め、失踪《しっそう》に至らしめてしまった、その罪悪感に駆られているようだ。盗作騒動の真実がグレーのままでは、久美子はこの先もずっと苦しみを背負うことになる。

業者が顔をあげた。「ふたつファイルが復元できました。ごみ箱からも消去されたファイルです」

一同が画面をのぞきこんだ。誰もが息を呑《の》んだ。ファイルのうちひとつは受信メールだった。送信者の名が表示されている。駒園雅陵とある。

駒園雅陵。ベテラン作家で純文学界の重鎮だった。メールの本文は、何度かやりとりを経たうえでの記述に思えた。

岩崎翔吾様
たしかに未完成の作品ではありますが、読ませてくれと無理なお願いをしたのは私のほうなので、お気になさらないでください。ただ僭越《せんえつ》ながら申し上げますと、岩崎さんはまったく異なる主題の作品に挑戦するべきではないかと、私は思います。
駒園雅陵

受信日時は八月十日、午後七時十八分。それ以前のメールの引用はない。どんなやりとりがあったのか、この一通だけではわからない。

落合が眉《まゆ》をひそめた。「岩崎先生は駒園先生とつきあいがあったのか？」

「初耳だ」佐伯も信じられないという顔になった。「大学講師が本業なので、作家の知り合いはほとんどいないとおっしゃってたのに」

李奈は久美子に問いかけた。「駒園雅陵さんをご存じですか」

久美子が途方に暮れる反応をしめした。「有名な作家さんですので、お名前だけは……。でも翔吾さんと知り合いだったなんてきいてません」

業者がノートパソコンの画面を指さした。「復元できたもうひとつのファイルです。予定表の一部ですね」

表示を目にしたとたん、李奈のなかに衝撃が走った。

10／16　15：00　京都府綴喜《つづき》郡《ぐん》井手《いで》町大字井手小字二《に》本松《ほんまつ》3－1　井手町図書館
十月十六日。岩崎翔吾が失踪したとされるのは、十月十五日か十六日あたり。これはそのときの予定か。

## 17

李奈は新幹線の自由席にいた。午前十時六分、東京発新大阪行。車内は空《す》いている。窓の外には大きく富士山が見えていた。空は晴れ渡っているものの、山頂のみ黒い雲が執拗《しつよう》にまとわりつく。

十月十六日、午後三時、井手町図書館。岩崎翔吾のパソコンにあった予定表のデータは、警察にも提供されている。ところが図書館に連絡したところ、まだ地元警察からの問い合わせはないらしい。

当初は神田署が積極的に動いていたが、いまはそうでもないようだ。岩崎翔吾の評判が失墜し、警察もやる気をなくしたのだろうか。早く見つかってほしいという世間の声も、以前ほどきかれなくなっている。岩崎は盗作の発覚を受け、ただ逃げまわっているだけ、そんな認識が広まりつつある。

結論づけるのはまだ早い、李奈はそう思った。ノンフィクション本には真実しか書けない。

スマホが振動した。画面に〝KADOKAWA　菊池〟とあった。李奈は席を立ち、キャビンをでてデッキに立った。通話ボタンをタップし応答する。「杉浦です」

「おはよう」菊池の声がいった。「もう新幹線のなかか?」

「はい。さっき三島《みしま》駅を通過したって表示がでました」

「そっか。気をつけてな。進展のおかげで編集長が経費を認めてくれたし、新幹線代は工面できる」

それ以外の旅費は自腹、暗にそうしめしている。李奈は皮肉を口にした。「日帰りで戻ります」

「……編集長が駒園雅陵先生に連絡をとってくれてな。岩崎翔吾さんとのメールについて、駒園先生が教えてくれた」

あのメールに至るまでのいきさつか。李奈は胸騒ぎをおぼえた。「駒園さんはなんとおっしゃったんですか」

「芥川賞と直木賞贈呈式後のパーティーで、岩崎さんと知り合ったそうだ。そのときは名刺交換しただけだが、以後はたびたび連絡しあっていた。ふだんは電話でやりとりしていたと」

「どんなことを話してたんでしょうか」

「八月に入ってすぐ、岩崎さんが悩みを打ち明けてきた。二作目の原稿が遅々として進まない、そんな相談内容だった。なら途中まででいいから、メールで送ってくれればアドバイスすると駒園先生は伝えた。後日、電話で感想を述べると、岩崎さんはすっかり弱腰になり、見苦しいものをお目にかけてしまったと反省しきりだったとか」

酷評だったのだろう。李奈はいった。「駒園さんは電話のあと、あのメールを送信したんですね」

「ああ。電話の向こうで岩崎さんが嗚咽《おえつ》まで漏らしていたので、とにかく落ち着くように伝え、ひとまず通話を終えた。でもやはり気になったので、例のメールを送ったと」

「駒園さんがお読みになった原稿は『エレメンタリー・ドクトリン』だったんでしょうか」

「いや。駒園先生によれば、全然ちがう小説だったそうだ。『黎明に至りし暁暗』をなぞっただけの二番煎《にばんせん》じだったとか」

「まったく異なる主題の作品に挑戦するべき、という助言はそのためですか」

「だろうな。処女作が評判になった新人作家らしいスランプだ。新たな境地に踏みだすのが怖くなり、みずから一作目を模倣することに終始しちまうんだな」

岩崎が当初、駒園に送った原稿は、どんな小説だったのだろう。彼のパソコンの送信済みメールに、それらしきものは残っていなかった。ファイルごと削除されたうえ、復元もできなかったのだろうか。

李奈は菊池に問いかけた。「駒園先生は、岩崎さんから受けとった書きかけの原稿を、まだ保存してるでしょうか」

「いやそれが、もう手もとにないとおっしゃるんだ。パソコンがうまく起動しなくなり、思わず床に叩《たた》きつけたら壊れてしまい、粗大ごみでだしたとか」

IT機器に対し、いちいち短気を起こしがちな高齢者も多い。李奈の祖父もそうだった。「メールサーバーにも残ってないんでしょうね……」

「念のため、駒園先生の息子さんにも確認してみた。残念ながらプロバイダー側がメールを保存する仕組みじゃなかった。パソコンも粗大ごみに引きとってもらう前に、HDDをドリルで破壊したって」

「老害」

「おい。言葉に気をつけてくれ。気が短い人なのは驚きだったが、少なくとも僕には、駒園先生が嘘をついてるようには思えなかったよ。岩崎さんが二作目を書けず苦悩してたことは、もうまちがいないと思う」

「駒園さんは『エレメンタリー・ドクトリン』についても、感想を口になさったんですか」

「ああ。そっちも辛辣《しんらつ》だった。岩崎翔吾が書いたものとは信じられないって」

やはり岩崎は二作目の出来に悩んだ末、『陽射しは明日を紡ぐ』の原稿データを拝借し、自作として提出してしまったのか。すべての状況がその憶測を裏付けていく。むしろ否定しうる要素が見えてこない。

菊池が猫なで声を発した。「杉浦さん。もうひとがんばりだ。今回のノンフィクション本、首尾よく進んだら、ぜひライトミステリの新作についても打ち合わせを……」

「餌を撒《ま》いてもらわなくても、ちゃんと仕事は頑張ります。小説の新作も全力で取り組みます。ではこれで」

李奈は通話を切った。自分の強気な発言に驚かされる。取材活動を通じ、世に揉《も》まれるうち、いつの間にか鍛えられていたのだろうか。

自分の座席に戻り、しばらく悶々《もんもん》と過ごした。岩崎との対談、その記憶ばかりが脳裏をよぎる。あのとき会った、これぞ大人の男性という、余裕を漂わせた紳士像。続々とあきらかになる事実とまるで嚙《か》みあわない。

バッグからコピー用紙の束をとりだした。関根彩花からもらったゼミ用のプリントだった。岩崎翔吾による論文、題名は『幼少期の愛着関係と作家性』。

　この論文のなかで岩崎は、小説家という職業人は、総じて分裂気質だと断定している。分裂気質とは、ドイツの精神科医クレッチマーによる、気質の分類の一型だ。ひとつの事柄に執着するかと思えば、ふいにそこから飛躍する。精神感受性に敏感さと鈍感さが混ざりあう。一般に非社交的で無口、生活態度も引きこもりがち。

　夏目漱石の『こころ』には、著者の分裂気質がありありと感じられる。三島由紀夫も分裂気質とみられる。いずれも生い立ちに難があり、母親とのあいだに愛着問題を抱えていた。

　分裂気質ゆえに、自分のなかに自分以外の人格を有する。これを登場人物とすることで物語が育まれる。小説家になる素質は分裂気質からきている、岩崎はそう強調する。

　しかしそれだけに、フィクションのはずの登場人物は、小説家の脳内で生命を持つ。分裂気質の小説家は、人間をしっかり描いていると評される。そのぶん作家は執筆のたび、心を深く抉《えぐ》りとられている。

　愛着問題をこじらせ、母の代わりに不特定多数に認められたいと切実に願う。大衆が支持すれば、母も自分を無視できなくなるからだ。母がもうこの世にいなくても、魂がわが子の価値を認めるにちがいない。分裂気質が小説家を志望するのには、そうした動機があるという。愛着問題への解決を求め、分裂気質で得た創造性をもとに、作品を世に送りだしたがる。それこそが小説家だと岩崎は結論づける。

すなわち小説家は書くことで自己完結するわけではない。人に読まれなければ価値がない。夏目漱石のいう、芸術は自己の表現に始まって自己の表現に終わる、その言葉は本心ではない。岩崎はそこまで断じている。書きたい衝動は、いわば泣きたい衝動と同じであり、けっして自制できない。それも泣き声を人にきかせたくて泣く。ひとりだけなら泣くはずもない。論文にはそのようにあった。

書きたい衝動は泣きたい衝動と同じ、けっして自制できない……。だから書きたくて仕方なくなるのだろうか。駆り立てられるように創作に追われる一方で、どこか心を癒《い》やされた気になる。そんな実感はたしかにある。岩崎翔吾が論文に著したことが真理なのか。泣き声を人にきかせたくて泣く……のだろうか。

時間が経つのを早く感じる。ほどなく京都駅に着いた。李奈は半ばぼうっとした気分で新幹線を降りた。

奈良線の各駅停車に乗り換える。ここでも最初から座れた。バッグから今度は『エレメンタリー・ドクトリン』と『陽射しは明日を紡ぐ』をとりだし、交互に目を通す。

新しく気づきうることがあるかもしれない、そう思った。

しかしなんの発見もないうちに、小一時間が経過してしまった。停車後に開いたドアの外から、玉水《たまみず》駅、そんなアナウンスが耳に届いた。李奈はあわてて車外に降り立った。

予想とは異なる眺めがそこにあった。ホームにはまだ地方らしい素朴さが感じられたものの、駅全体の規模はかなり大きかった。特に駅舎は立派な造りで、駅ビルこそないが、橋上にモダンな構造を誇っている。

とはいえ駅舎をでるや、山間部の田舎然とした風景が視野にひろがった。緑が極端に多い。わずかに存在する住宅地には、新旧の家屋が半々に入り交じる。関東とちがい、街並みがどこか美しい。道端に見える木々にも日本庭園のような風情がある。郵便ポストはいにしえの赤い円柱型で、木造の伝統建築にかぎりなくマッチする。目に映るすべてが自然に調和し、心を和ませてくれる。

田畑のなかに延びる道を歩いていった。周囲には低い山々が連なっていたが、一キロ半ほどで、山林の入口付近に達する。その手前の開けた土地に、施設がぽつぽつと点在していた。学校のように見えた敷地には、京都府立山城《やましろ》勤労者福祉会館の看板がある。体育館やテニスコートが見えている。駐車場がやたら広いのも、田舎ならではの贅沢《ぜいたく》さだった。というより背景には本当になにもない。雄大な地平線と集落。頭上を走る高圧電線。目にとまるのはそれぐらいだった。

そんな施設から道を挟んだ向かいに、開いた本の形状を模したような、半円柱型に近い形状の建物がある。こちらにも広い駐車場が備わっていた。

李奈は手もとのスマホを眺めた。井手町図書館。ナビのしめす住所はまさにここだった。

なかに入ってカウンターに近づく。応対した男性職員に、李奈は小声で問いかけた。「常盤福子《ときわふくこ》さん、いらっしゃいますか」

職員がすぐ後ろの中年女性を振りかえった。横溝正史《よこみぞせいし》の全集を整理していた女性が、ゆっくり腰を浮かせる。李奈に近づいてくると、やはり小さな声できいた。「杉浦さんですね」

事前に電話をいれてあった。岩崎のパソコンに記録されていた日時、十月十六日の午後三時。その時間帯に勤務していた職員は常盤福子といい、きょう出勤する、そう伝えられていた。

李奈はおじぎをした。「お仕事中申しわけありません。十月十六日、午後三時のことですが……」

「はい。わたしが勤務しておりました」福子は真顔でささやいた。「あれはやっぱり岩崎翔吾さんだったんですか」

ざわっとした感触にとらわれる。李奈は福子を見つめた。「とおっしゃると……」

「スーツの男性がそこの待合椅子に座っていたんです。「どこかで見たお顔だなと思ったんですが、そのときは気づけなくて」

「それが岩崎さんだったんですか？」

「杉浦さんからの連絡をいただいて、いまになって思いかえせば、たぶんそうだったんだろうと……。岩崎翔吾さんの失踪《しっそう》をテレビで知ったときにも、まるでぴんときませんでした。こんなところにいるはずがないと思いこんでいたせいでしょう」

「岩崎さんはなにを……」

「エントランスを入ってきてから、いちども本棚に向かわず、誰かをまっているようでした。スマホをとりだしては画面を眺めていました。地域のかたでもないし、とてもめだってました」

「声をかけましたか」

「はい、いちど……。座ったまま電話で話されていたので、近づいていって、お静かにお願いできますかと」

「そのときの岩崎さんの態度はどうでしたか？」

「黙って頭をさげ、外へでていきました。まだ通話中だったと思います」

「それまでは電話でどんな話を……」

「ええとですね、最初はぼそぼそ喋《しゃべ》ってたんですが、やがて気が気でないという顔になり、ここに来るんじゃないのか、と大声でおっしゃったんです」

「怒っているようすでしたか」

「はい。苛立《いらだ》ちは感じられました」

「ほかにはなにか？」

「エントランスをでていくときに、電話の相手と、新しい待ち合わせ場所を相談してたようです。たしか去りぎわに、玉川《たまがわ》の浄水場か、とおっしゃって」

「……東京の話ですか？」

「いえ」福子が苦笑し、近くのパネルを指さした。地図が描かれている。「この近くを流れてる玉川だと思います。淀川《よどがわ》水系の木津川《きづがわ》支流です」

「へえ……」

「環境省が〝平成の名水百選〟に選んでるんですよ」

「東京の多摩《たま》川も、調布《ちょうふ》の辺りでは玉川と呼ばれてますけど」

「それも含めての〝日本六玉川《むたまがわ》〟のひとつです。ご存じない？」

「不勉強でして……。岩崎さんが口にした地名らしきものは、それぐらいですか」

「あとは、そうですね。北区《きた》ともおっしゃった気が……」

「北区？」

「もちろん東京じゃなく、京都市内のことだと思いますよ。〝玉川の浄水場か。北区じゃないんだな〟とか、問いただしたように記憶してますが……。まちがってたら申しわけありません」

「いえ……。でも妙ですよね。京都市の北区なんて、ここから遠いでしょう？」

「クルマで一時間以上かかりますね。電車やバスでは行けません。ルートがまったくないので」

「岩崎さんはクルマで来られてたんですか」

「さあ。外の防犯カメラの録画が残ってれば……」

　李奈は天井を見まわした。ドーム型防犯カメラが目についた。「あのカメラ、待合椅子も映りますかね？」

　福子がカメラを見上げた。「たぶん……。でも警備会社さんの管理なので、当日の録画の有無は、先方に問い合わせてみないと」

「お願いできますか」

「いいですよ。でも一時間ぐらいはかかります」

いちおう日帰りを予定している以上、無駄な時間は過ごせなかった。李奈は福子にきいた。「玉川の浄水場には、どうやって行けばいいですか」

「やはりクルマでしか……」

「そうですか。タクシー呼んだら来ますか?」

「ええ。山城ヤサカ交通さんなら」

「わかりました。後で寄りますので、お手数ですが防犯カメラの件、よろしくお願いします」

李奈はおじぎをしながらカウンターをあとにした。タクシーを呼ぶべくスマホをいじる。

脈拍が速くなる。内耳に鼓動が響いてくるようだ。ついに岩崎翔吾の足どりをつかんだかもしれない。けれども嫌な予感がしてならなかった。玉川……。それに北区とは……。

18

李奈はタクシーの後部座席に座っていた。サイドウィンドウの外を眺める。午後の陽射しが田園地帯に降り注ぐ。道路の緩やかな起伏を乗り越え、素朴な自然の風景を走りつづける。

山城ヤサカ交通の運転手は、よく喋る中年男性だった。のんびりステアリングを操りながら運転手がいった。「若い娘さんが、こんな時間に図書館なんてめずらしいなあ。地元の人？」

「いえ。東京から……」

「ほう。なんでこんな辺鄙《へんぴ》なところにわざわざ？」

「調べものをしてまして」

「図書館になにか資料があったん？　私も本を読まなあかんと思って、あそこで借りたんですけどね。石川啄木の、なんとかって小説」

「そうなんですか」

「でもねぇ。小説って興味持てへんのですよ。いきなり〝僕は小さい時に絵を描くことが好きでした〟と来られても、知らんがなって話で」

石川啄木でなく、有島武郎《ありしまたけお》の『一房の葡萄』だろう。そう思ったものの口にはださなかった。ただ作り笑いを浮かべてみせる。運転手がバックミラーを通じ、しきりに顔いろをうかがってくるからだ。

「ほら」運転手が外を指さした。「右手に流れてるのが玉川」

李奈は面食らった。もう川沿いを走っているのか。鮮やかな緑に彩られた河川敷が、数メートル下の谷底にのぞいていた。清流の流れが見てとれる。たしかに美観ではあるが、川幅はごく狭かった。

運転手はタクシーの速度を落とした。「春には桜が咲いて、綺麗《きれい》でね。この時季はそうでもないな。小さな子供も遊んでない。もう寒くなってきてるから」

辺りは閑散としている。ほかにクルマの往来はない。高齢のハイカーは目にするものの、ごく少数だった。付近の人口密度を考慮すれば、めずらしい状況でもないのだろう。

李奈は運転手にたずねた。「玉川に浄水場はいくつあるんですか」

「この界隈《かいわい》には一か所だけ。もっと下流に行けば、何か所かあるけどね。逆に上流の大正池《たいしょういけ》付近にもあったかな」運転手は前方を指さした。「あれやで。もう見えてきた。

近くで唯一の浄水場」

想像よりずっと小さな施設だった。川沿いの雑木林のなかに、錆《さ》びついた金網フェンスが見える。敷地内には青い金属製パイプが入り組んでいた。櫓《やぐら》の上に小屋があるものの、窓のなかに人影はない。常駐の職員はいないのかもしれない。

「これだけですか」李奈は思わずささやいた。

運転手が笑った。「なにを期待してたか知らんけど、ここらじゃ浄水場なんて、このていどで充分なんやわ。ほんの少し土や砂が混ざってるだけの、もともと充分に綺麗な水やからね」

「近くで停めてもらえますか」

「はいよ」タクシーが道端に寄った。ゆっくりと停車する。

李奈は運転手に要請した。「しばらくまっててほしいんですけど」

「こんなところに放りだされちゃ帰れんやろ。どうぞ。好きに見てまわればええよ」

後部ドアが自動的に開く。李奈は車外にでた。微風が頰を撫《な》でる。空気がいちだんと澄みきっているのがわかる。水流の音が涼しげに耳に届いた。

道路沿いの茂みに踏みいると、草の刈られた私道が延びていて、浄水場のゲートに行き着く。むろんゲートは閉鎖中だった。関係者以外立入禁止の看板もある。

しかしゲート前から横方向、金網フェンスの外側に沿い、やはり私道が切り拓かれていた。地面は舗装されていないものの、防草シートが幅一メートルほど敷き詰めてある。フェンス沿いに迂回《うかい》しながら、川辺まで下れるのかもしれない。李奈は歩きだした。

ほどなくフェンスの角に行き着いた。土手から河川敷への緩やかな勾配《こうばい》を下った。ただし川面《かわも》は見えない。視界は閉ざされていた。両わきの雑草が頭上高くまで生い茂っているせいだ。私道もどんどん狭くなる。ほとんど草むらに分けいるも同然だが、靴底はまだ防草シートを踏みしめている。

足もとに目を落とし、慎重に下り坂を歩きつづける。水流の音が徐々に大きくなる。まだ川辺に達しない。雑草の密集地帯に紛れこんでしまったようだ。

李奈はふと立ちどまった。異質な物が落ちている。泥まみれだがハードカバー本のようだ。しかもどことなく見おぼえがある。

胸騒ぎとともに拾いあげた。重さ、感触。記憶に残る本と一致する。幾度となく降雨にさらされたらしい、泥がこびりついていた。汚れを拭《ぬぐ》いとろうとするが、なかなかこそげ落とせない。そのうちカバーが外れてしまった。

とたんに寒気が全身を包みこんだ。総毛立つとはまさにこのことだろう、そう自覚した。

カバーの中身、本の表紙。金の箔押《はくお》しで『黎明に至りし暁暗』とあった。著者名はむろん岩崎翔吾。手が震える。なぜこの本がこんなところに落ちている。

本を開こうとしたが、紙が水を吸ったうえで乾燥し、ページの大半が貼りついてしまっている。無理にページを繰ろうとすると、破れる恐れがある。

別の紙が短冊のように長細く折り畳まれ、栞《しおり》がわりに挟んであった。その箇所が自然に開いた。ごわついているが破れてはいない。本文が読みとれる。ひとつの段落に、赤いボールペンで傍線が引かれていた。

本に囲まれていれば幸せだ。けれども幸せは糧にならない。好きなことを追求する、それだけで生きていけるほど、人の営みはやさしくもなかった。

李奈は立ちすくんだ。暗黒に感じられる恐怖が、心のなかに果てしなく膨張していく。

主人公の裄人が、人生の岐路に直面し、苦悩するくだりだった。裄人はけっして自分の命を危険にさらそうとはしていない。しかしここの段落だけ抽出すると、別の意味を持つように思えてならない。

　栞がわりの紙が気になった。そちらにも小説らしき文面が印刷されている。折り畳まれた紙を開きにかかる。

　さらなる衝撃が襲った。文庫本から破りとられたページだった。一見して新潮文庫、太宰治『パンドラの匣』だとわかる。ここにも赤い傍線が引いてあった。


　人間は死に依《よ》って完成せられる。生きているうちは、みんな未完成だ。

　死者は完成せられ、生者は出帆の船のデッキに立ってそれに手を合わせる。


『パンドラの匣』は、どちらかといえば太宰治っぽくない、そんな作風の小説だった。表題作および、同時収録された『正義と微笑』、いずれも文体に前向きな明るさがのぞく。しかし傍線部だけを読めば、これも悲観にとらわれているように解釈できる。

　いても立ってもいられない。李奈は走りだした。焦燥とともに草むらを掻《か》き分け、ひたすら河川敷をめざす。行く手になにがまっているにせよ、この目でたしかめずにはいられない。

　下り坂の傾斜が水平に近づいてきた。水辺に迫ったとわかる。だが依然として草むらが視界を遮り、川面を視認できない。密度を増す雑草が前進すら妨げる。身体をねじこむようにしながら突き進んだ。いつしか異音を耳にしている、そう自覚した。羽音。蠅が飛びまわる。異臭も漂ってくる。川辺の美しさに似つかわしくない悪臭だった。

ようやく草むらを脱した。いきなり前方の視野が開けた。足もとは砂利だった。河川敷の水際に達している。川岸を見下ろした瞬間、全身の血管が凍りつく気がした。ぼろぼろのスーツが突っ伏している。頭は水流のなかに沈んでいた。手足を投げだし、ぐったりと脱力しきっている。さかんに蠅がたかる。腐敗しかかった手が袖《そで》の先からのぞく。皮膚はただれ、白い骨が露出していた。

顔を見ずともわかる。体型で判別がついた。対談で着ていたスーツだ。岩崎翔吾にまちがいない。

李奈は甲高い自分の悲鳴をきいた。ひたすら狼狽《ろうばい》し、取り乱し、頭を掻きむしった。その場で地団駄を踏んだ。ほかにどうすることもできない。

どれだけ時間が経過したか、自分ではよくわからなかった。草むらがあわただしくざわついた。悲鳴をききつけたのだろう、ハイカーらしき高齢の婦人が現れた。タクシーの運転手も一緒だった。ふたりとも血相を変え、こちらに駆け寄ってくる。

見えたのはそれまでだった。李奈は空を仰いだ。視界の端に遺体をとらえる。幻視ではない、現実だと悟った。その理解が意識を急激に遠ざける。全身が力を失い、李奈はその場に卒倒した。

砂利に叩《たた》きつけられたのはたしかだ。けれども痛みは感じない。すでに感覚が麻痺《まひ》しているのかもしれない。目が自然に閉じた。なにもかも暗転した。

## 19

朝起きるのと同じ感覚だった。いつしかぼんやりと目が開いた。見慣れない天井、真っ先にそう思った。陽の光が射しこんでいる。しかしアパートの部屋なら右からではなかったか。いまは左が明るい。

緊張と警戒心が喚起される。急激に意識が覚醒《かくせい》に向かった。ここはどこだろう。白い部屋。天井も壁も白い。ベッドのわきに点滴スタンドが見えた。薬剤の入ったパックがぶら下がる。チューブは李奈の腕につながっていた。

跳ね起きるような気力は生じない。全身の筋肉が弛緩《しかん》しきっている。ただ室内を見まわした。

部屋の隅に兄の航輝が座っていた。いつものカジュアルな服装で、新聞に目を落としている。ほかには誰もいないようだ。

喉《のど》に絡む声で李奈はささやきかけた。「お兄ちゃん」

航輝が顔をあげた。硬い表情に安堵《あんど》のいろが浮かぶ。ため息とともに立ちあがり、ベッドに歩み寄ってきた。「よかった。そろそろ目が覚めるだろうって先生がいってたけど、そのとおりだ」

「なに、ここ……」

「南京都病院。ええと、正式には国立病院機構、南京都病院ってとこ」

「京都？」

「そうだよ。井手町には小規模な町医者や、歯科や皮膚科しかなかった。だから六キロぐらい離れた城陽《じようよう》市の、ここに運びこまれた」

井手町。井手町図書館。そこから向かったのは、たしか玉川。小さな浄水場。草むらに分けいった。河川敷に下りていった……。

ふいにおぞましい光景がよみがえってきた。手足の痙攣《けいれん》を実感する。李奈は思わず叫んだ。「やだ！　嫌！」

「李奈。おい、怖がるな。もうだいじょうぶだから」航輝が困惑したようにドアを振りかえった。「先生を呼んでこなきゃ」

「まって」身体の震えがとまらない。李奈はうったえた。「行かないでよ」

「だけど……」

「お兄ちゃんはなんでここにいるの？　あれは夢じゃなかったの？」

「……いいか」航輝が真顔で見つめてきた。「李奈はひと晩寝てたんだよ。ずっと起きなかった。点滴薬の作用もあったんだよな。精神を安定させて眠気を誘うとか……。薬の名前は忘れた。先生にきかないと」

「先生って、お医者さんのこと？　ならいまはいいから」

「いいっていっても入院中だし」

「それより……。岩崎さんが死んでた。岩崎翔吾さんが」

航輝が静止した。小さくため息をつき、椅子を引っぱってくる。ベッドのわきに座った。ささやくような声で航輝がたずねた。「思いだしても平気なのか」

恐怖は記憶している。しかしいまはなぜか感覚が鈍い。眠気すら生じてくる。李奈は唸《うな》った。「なんだかぼうっとしてきた」

「薬の作用だな。不快感がぜんぶ眠気に変換されるようなものだって、先生がいってた。それだけしんどさを感じてるんだよ。いまは寝たほうがいい」

「あれはほんとに岩崎さんだったの？」

しばし沈黙があった。航輝はためらいがちにうなずいた。「残念な結果だけど……」

深く長いため息が漏れる。李奈は仰向けに横たわった状態で、天井とのあいだの虚空を眺めた。

激しく動揺せずにいられるのは、やはり薬のおかげなのだろう。替わりに睡魔が襲う。強い眠気が生じてくるあたり、本当は途方もない衝撃を受けていると自覚できる。

ふと問いかけたくなることがあった。李奈はきいた。「お兄ちゃんだけ？　お母さんやお父さんは……」

「心配してるよ」航輝が低い声で応じた。「だけど、ほら。ふたりとも働いてるし、いま忙しいらしくて……」

こんなときにも来てくれないのか。三重から京都はそう遠くないのに。

航輝は李奈の思いを察したように告げてきた。「俺が行くからとお母さんたちに伝えたんだよ。急にふたりとも仕事を放りだして飛んできたんじゃ、いろんな人に迷惑がかかるだろ」

迷惑。自分のせいだろうかと李奈は思った。娘のために職場を休むのは、そんなに非常識なことなのか。

ドアをノックする音がした。航輝が振りかえった。「どうぞ」

開いたドアからスーツがふたり現れた。どちらも見た顔だが、誰だったか思いだせない。李奈はそんな表情をしていたのだろう、年配のほうが神妙にいった。「お目覚めですか。私は永井。彼は浅野。神田署の……」

刑事だ。そこだけ部分的に記憶が戻ってくる。前に会った。KADOKAWAを訪ねてきた。なんの用だったのだろう。そうだ、岩崎翔吾が失踪《しっそう》したからだ。

浅野が気遣うようにいった。「あとにしましょうか」

「いえ」李奈はふたりを立ち去らせまいとした。「あのう……。京都に来られたんですか」

「ええ」浅野は静かに応じた。「神奈川の幸《さいわい》署からも捜査員が出張してます。岩崎さんが川崎にお住まいなので……。現場は地元の田辺《たなべ》署が調べてます」

永井もうなずいた。「府警からも人が派遣されておりまして、捜査本部が設置されました」

「あ、あの」李奈はあわてた。「わたし、図書館できいたんです。岩崎さんが浄水場に行ったたって。だから玉川沿いをタクシーで……」

「わかってます。どうか落ち着いてください。運転手から事情をききました。ハイキング中のご婦人の証言もあります。状況は把握しておりますので」

「岩崎さんが……。死んでたんですよね？」

「……お気の毒です」

無造作にドアが開いた。編集者の菊池だった。紙パックの飲料を両腕に抱えながら入室してきた。「お兄さん、売店は閉まってて、自販機しか……」

室内の空気を察したのか、菊池が黙りこんだ。刑事たちを眺め、それからベッドに目を向ける。菊池の顔に驚きのいろが浮かび、次いでほっとしたような反応に転じた。

「目が覚めたのか、杉浦さん」

悪気はないのだろう。だがなんとなく嫌悪感をおぼえる。菊池の態度は芝居がかっていた。身内の兄ほど心配してくれていたとは思えない。むしろ喜びとともに京都に飛んできたのでは、そんなふうに疑わざるをえない。岩崎翔吾の死。しかも李奈が第一発見者。ノンフィクション本を企画する側として、これほど歓迎できる事態はほかにない。

ふと憂鬱《ゆううつ》な気分がひろがりだした。第一発見者。岩崎翔吾の遺体を見つけたのは自分だ。李奈はささやいた。「わたし、疑われるんでしょうか……？」

ふたりの刑事は同時に微笑した。浅野が首を横に振った。「遺体発見の経緯はわかってます。むろんあらゆる可能性が考慮され、警視庁からも捜査一課の人間が来ますが、杉浦さんは被疑者ではないですよ」

あらゆる可能性とは、自殺と他殺、事故死や病死、そのあたりか。警察が疑いを向けてこなくとも、李奈が第一発見者だという事実は揺らがない。世間はそれを報道で知り、ネットで好き放題に騒ぐのだろう。岩崎翔吾の幻の推薦文。Z級ラノベ作家の杉浦李奈。岩崎のせいで損害を被り逆恨み。あるいはノンフィクション本の宣伝のため凶行におよんだ。誰もが身勝手な憶測で面白がるにきまっている。ワイドショーや週刊誌も追随するかもしれない。

また眠りに落ちそうになる。ストレスが強烈な睡魔に転換され、意識を遠ざけようとしてくる。

永井刑事が静かにきいた。「だいじょうぶですか。杉浦さん」

「……はい」李奈は目を閉じ、いちど深呼吸した。「本が……。落ちてました」

「ええ、知っています。遺留品は鑑識が調べてますので」

「わたしの指紋がついてる」

「遺体発見の寸前に触れただけなのは、ちゃんと裏付けられます。指紋だけでなく、付着した皮膚片や汗のDNA型も検出されるんです。第三者が手にした痕跡《こんせき》があれば、なんらかの重要な手がかりになるでしょう」

何度か雨が降ったようだが、誰かの手がかりは残っているのだろうか。なにが起きたのかはまだわからない。自殺だろうか。しかし岩崎は何者かと待ち合わせをしていた。

「電話は？」李奈はつぶやいた。「図書館で岩崎さんは、スマホで通話してたって」

通話記録を調べてほしい。李奈はそういいたかったが、思考が鈍っているせいか、はっきりと言葉にできない。

すると刑事のふたりは、なにやら妙な素振りをしめした。互いに目配せしあう。ほんの一瞬のことにすぎず、李奈の気のせいかもしれなかった。けれども沈黙が生じたのはたしかだ。

浅野刑事が冷静な声を響かせた。「捜査は警察がおこないますので」

含みを持たせたような物言い、李奈にはそう思えた。さっきまでとは異なる。刑事たちとのあいだに距離を感じる。

不安と当惑のなか、李奈は震える声を搾りだした。「詳細を知りたいんですけど」

「ですから」浅野が繰りかえした。「捜査は警察が……」

「岩崎さんに会いたい」

沈黙がひろがった。永井刑事が遠慮がちにささやいた。「杉浦さん。水に浸《つ》かって何日も経った顔は……。そのう、お焼香はかまいませんが、お顔のほうは……」

水死体は見るも無惨な顔になる。以前ミステリを書いたとき文献で知った。また猛烈な眠気に襲われる。李奈は意識を覚醒《かくせい》状態に保とうと躍起になった。「奥さんも対面できないんですか」

「……奥様の久美子さんと、娘の芽依ちゃんは、けさ京都に着いたばかりです。幸署の女性警察官が付き添ってますが、ご主人とどのように対面されるかは、私たちのほうではわかりかねます」

「なら」李奈は語気を強めた。「せめて現場を見たい」

「現場?」

「玉川沿いの浄水場」

編集者の菊池も同意した。「杉浦さんは取材でこちらに来ていたんです。できるだけ状況をつぶさに観察しておく必要が……」

永井刑事が遮った。「杉浦さん。ここは静かですが、外はたいへんな騒ぎです。マスコミが押しかけています。あなたの身の安全を保障することも、私たちの義務ですし」

李奈は譲らなかった。「第一発見者に現場で事情をきく必要はあるでしょう」

また室内が静まりかえった。永井と浅野が顔を見あわせる。もともと岩崎の失踪だけを捜査していた刑事たちだ。駿望大学が管轄内という理由だけで、神田署の彼らが引っぱりだされた。事態が大きくなり、ふたりは当惑するばかりにちがいない。面倒なことは極力避けたい、そう思っているのだろう。

またドアが開いた。中年の女性看護師が室内を見渡し、目を怒らせた。「なんですか、ぞろぞろと大勢。外にでてください！」

男性の医師も現れた。李奈に視線を向けたとたん、周囲に苛立《いらだ》ちをぶつけた。「彼女が目を覚ましたら、ただちに呼んでくださいといったでしょう。それをなんですか。いきなり事情聴取ですか」

航輝が医師に頭をさげた。「すみません。知らせるつもりだったんですけど、つい……」

刑事ふたりが深々とおじぎをし退室した。菊池もそそくさと後につづく。航輝は心配げなまなざしを李奈に投げかけ、最後に部屋をでていった。

医師と女性看護師がぶつぶつと不平をこぼしながら、李奈の診察を始める。深いため息を漏らしたとき、李奈は急激に眠りに落ちていくのを悟った。深酒のような薬の作用がありがたい。シラフではとても耐えられそうにない。

## 20

夕日に赤く染まる玉川沿いを、李奈はパトカーの後部座席から眺めていた。タクシーで走ったのと同じ道だ。いまはやけに賑《にぎ》やかだった。テレビ局の中継車が道端に連なっている。通行する警察車両に対し、カメラが条件反射のごとくレンズを向けてくる。腕章をつけた記者やリポーターが路上で右往左往する。頭上高くからヘリコプターの爆音もきこえていた。

捜査関係者以外立入禁止、立て看板に遮られた区間に入る。ようやく辺りは静かになった。代わりに捜査関係者らがさかんに行き交う。ドラマで観るのと同じ、鑑識の青いユニフォームが、そこかしこにうろついていた。異例の長期検証だという。

パトカーを運転するのは制服警官だった。どこの所属かはわからない。助手席には永井刑事。後部座席は李奈と浅野刑事のふたりだった。第一発見者の李奈のみ、現場に通されることになった。兄や担当編集者は対象外だといわれた。

小ぶりな浄水場が見えてきた。精神状態がぐらつきだすかもしれない、そんな一抹の不安にとらわれたものの、また眠気に変換されたようだ。薬の効果は持続している。おかげでかろうじて自我を保っていられる。

浄水場前はさすがに混雑していた。パトカーがゆっくりと停まった。浅野がドアを開け、車外にでていく。李奈もそれに倣い、路上に降り立った。

周りの捜査員らは、割烹着《かっぽうぎ》に似たビニール製の服を、スーツや制服の上から着用していた。丸い帽子までかぶっている。どこか滑稽《こっけい》ないでたちだが、むろん笑う気にはなれなかった。

自然につぶやきが漏れる。「あの格好は……?」

浅野刑事が応じた。「現場に余計な物を混在させないよう、全身をすっぽり覆うんです。毛髪の一本も落とせません。髪はすっぽり帽子のなかにおさめるきまりで」

「わたしたちも着るんですか」

「いいえ。そこの黄いろいテープより先には行けません。現場の捜査担当じゃないので」

浄水場のゲートに向かう私道には、すのこが縦列に敷かれていた。捜査員らはすのこの上だけを通行している。一帯を踏み荒らさないためだろう。

ミステリを書いているだけでは知らないことだらけだった。ノンフィクション本のため、取材に来ただけの作家に、現場をうろつく自由はない。

すのこの上をひとりの男性が、トレーを手に戻ってきた。ビニール製の服の下に、青いろのユニフォームが透けて見えている。鑑識要員らしい。足ばやに歩きながら、大声で周りに告げる。「遺留品回収」

目の前を通り過ぎようとしている。永井刑事が声をかけた。「すみません」

「はい?」鑑識要員は立ちどまった。顔見知りの捜査員ではなかったからか、怪訝《けげん》そうな目で永井を見かえす。

永井は李奈を差ししめした。「第一発見者の杉浦李奈さん。遺留品を見ていただく意味はあるかと」

鑑識要員がトレーを突きだした。「触らないように」

キーホルダーと鍵束《かぎ》だった。クルマのスマートキーにレクサスのマークがついている。やけに小さく細い鍵もあった。たぶん例の引き出しの鍵だろう。

浅野刑事が鑑識要員にきいた。「どこにあったんでしょうか」

「ホトケの二メートル手前、私道の右わき」

「クルマは?」

「道路の三十メートル先、作業車専用の駐車場に乗り捨ててありました」鑑識要員が李奈を見つめた。「なにかお気づきの点でも？」

「いえ。特には……」

鑑識要員が永井に目を戻し、もういいですか、無言のうちにそうたずねる。永井が頭をさげると、鑑識要員が立ち去った。

李奈はため息をついた。「ただ邪魔をしただけみたい」

永井刑事が首を横に振った。「そんなことないですよ。なにに気づきうるか、遺留品の確認前にはわかりゃしませんし」

「刑事さんはああいう人たちにも低姿勢なんですね」

「いまの鑑識とか？　当然ですよ。私服が制服を顎《あご》でこきつかうなんて、ドラマのなかだけです」

浅野刑事が真面目な顔でいった。「現場はこんな調子です。見られる範囲もごくわずか、ここからの風景ぐらいになります」

「そうなんですか……」

「もういいですか？　充分にご覧になったのなら戻りましょう」

「……玉川」李奈はつぶやいた。

永井刑事が妙な目を向けてきた。「なにかいいましたか」

「玉川です。気になりませんか。太宰治が入水自殺したのは玉川上水です」

ふたりの刑事は同時に顔をしかめた。永井がため息をついた。「名前がかぶってるだけでしょう。太宰の死んだ玉川上水は東京、三鷹の辺りですよ」

浅野もあきれたようすだった。「玉川上水と玉川浄水……場。駄洒落《だじゃれ》ですか？」

一笑に付すようなことではない。李奈はそう思った。上水はもともと上水道用の溝渠《こうきょ》という意味だ。玉川上水も浄水場に行き着く構造だった。暗に示唆した可能性がないとはいいきれない。それに……。

李奈は記憶を言葉にした。「岩崎さんは電話に告げたそうです。玉川の浄水場か、北区じゃないんだなって」

ふたりの刑事が視線を交錯させた。浅野が李奈に向き直る。「北区って、そこにもなにか意味があるんですか」

「芥川龍之介は東京都北区田端《たばた》の自宅で自殺しました。玉川と北区。太宰と芥川の死に場所です」

刑事たちの表情が曇りだした。永井が咳《せき》ばらいした。「杉浦さん。岩崎さんが図書館をでた前後、彼のスマホに通話記録がないんです」

「……はい?」

「契約している携帯キャリアの記録をたしかめました。十月十六日の午後三時前後、岩崎さんは誰とも通話してません」

李奈は驚いた。「だけど……。井手町図書館の常盤福子さんが……」

「ええ。話をうかがいました。防犯カメラの録画映像も観ました。たしかに岩崎翔吾さんが映ってる。証言どおり、スマホ片手に喋《しゃべ》りながら図書館をでていきました」

「別のスマホだったんでしょうか」

「映像の解像度に限度はありますが、妻の久美子さんの話では、岩崎さんの持っていた機種と同一に見えると……。しかし岩崎さんのスマホは、ずっと位置情報の発信がなかったんです。電源は切りっぱなしだったんでしょう」

浅野が補足した。「いまだ見つかっていませんが」

病室で李奈は岩崎の通話に言及した。あのとき刑事たちが妙な反応をしめした。理由はこれか。図書館の防犯カメラには、岩崎がスマホを耳にあてる姿が映っていたのにもかかわらず、通話の事実が確認できない。

李奈は途方に暮れた。「どういうことでしょう……?」

永井刑事がいった。「通話相手はいなかった。そうみるべきでしょう」

菊池の雑談が脳裏をよぎった。人は絶望にとらわれると、架空の相手と電話ごっこを始めるそうだ。言語性幻聴、対話性幻聴からもう一歩進んだ、通話性幻聴と呼ぶ症状らしい。本当に幻聴で相手の声がきこえるのか、あるいは演技性の行動なのか、研究者によって見解が分かれる。

玉川の浄水場か、北区じゃないんだな。岩崎はそういった。電話の話し相手が幻聴だとすれば、岩崎自身が芥川でなく太宰に近いという、無意識による主張だろうか。たびたび模倣の疑いをかけられた芥川でなく、独創性を有する太宰こそ自分である、そう信じたい思いの表れなのか。

どうにも憶測がすぎる。浮かない気分で李奈はつぶやいた。「玉川浄水に北区。偶然にも京都と共通する地名をふたつも口にした……？　芥川が死んだ場所は、ふつうなら田端というべきなのに、北区だなんて」

永井刑事が鼻を鳴らした。「通話してるように見せかける小芝居でしょう。図書館の職員が克明に記憶しているぐらい、はっきりした口調だったんです。どうも演技じみてる気がします」

浅野刑事も同調した。「防犯カメラに映りやすい図書館にいたのも、どこかわざとらしい」

幻聴でなく芝居だったのなら、故意にそううったえたのだろうか。田端でなく北区といったのも、京都市内に北区があるのを承知のうえで、わざとまぎらわしい表現を用いたのか。そのためにはるばる京都まで来たのか。玉川上水も北区も、まだ東京にあるのに。

ふいに足もとがふらついた。立ちくらみも同然に意識が遠のきだす。李奈は後ろに倒れていった。刑事ふたりがあわてながら抱き留めた。

「ほら、もう」永井がじれったそうな声を発した。「まだこんなところに来るべきじゃなかったんです」

気を抜くと眠りに引きずりこまれそうだ。李奈はぼうっとしながらうったえた。「失神しかけたわけじゃないんです。ただ薬の作用で、緊張や不安の替わりに睡魔が襲って」

「それだけ精神的ストレスを抱えてる証明ですよ。戻りましょう」

李奈はふたりの刑事の手により、パトカーに運ばれていった。辺りの捜査員が手をとめ、なにごとかとこちらを見つめる。ぼんやりと見かえすうち、寺田《てらだ》寅彦《とらひこ》『KからQまで』の一節が脳裏をよぎった。

健康な人には病気になる心配があるが、病人には恢復《かいふく》するという楽しみがある。

とても回復を楽しむどころではない、李奈はそう思った。病気はいつも、より悪化する可能性を秘めている。

## 21

李奈は退院した。東京に戻ってから、ずっと阿佐谷のアパートに籠《こ》もり、一歩も外にでなかった。

食事は兄の航輝が、近所のコンビニで調達してきてくれる。デリバリを頼むとドアを開けねばならない。すでに何度かマスコミの直撃取材を受けた。航輝が追い払ってくれたものの、これから先も怯《おび》えて過ごさねばならないのだろうか。憂鬱《ゆううつ》でたまらない。

岩崎翔吾の葬儀は、新川崎の自宅でおこなわれた。李奈は精神安定剤を服用したうえで、航輝に付き添われ、焼香をあげに向かった。周辺はやはり報道陣でごったがえしていた。喪服を着た久美子が不憫《ふびん》だった。娘の芽依は顔を真っ赤にして泣いていた。

ゼミの学生たちも見かけたが、挨拶《あいさつ》を交わす暇さえなかった。ワイドショーのリポーターらがマイク片手に突進してきたからだ。李奈は逃げるように退散し、航輝の運転するクルマで遠ざかった。故人を悼む余裕もないほどのあわただしさだった。

李奈はデスクに座り、パソコンを前に項垂《うなだ》れていた。背後に足音が近づいてくる。キッチンで夕食の支度を終えたのだろう、航輝がいった。「まだ仕事か？」

「なにも書けてない」李奈はささやいた。「きょうも」

「無理すんな。急ぎの原稿じゃないんだろ？」

「ノンフィクション本を書く準備を進めないと……」

「おい。しばらく休めよ。版元にせっつかれたのか？　警察が捜査してる以上、首なんか突っこめるはずがない。岩崎さんの奥さんにも接触できないんだし」

「ＫＡＤＯＫＡＷＡの菊池さんは、事件が追えないのなら、岩崎さんの過去を調べるべきだって……。生い立ちとか」

「ご両親は葬儀の席にいたけど、ひとことも話しちゃいない。連絡したところで、取材なんて拒否されるよ」

両親。あの場には大勢の年配者がいた。沈痛な面持ちで頭《こうべ》を垂れる高齢の人々のうち、誰が岩崎の両親だったのだろう。それすら確認できなかった。今後を考えれば、是が非でも顔をおぼえてもらっておくべきだったのに。

李奈はつぶやきを漏らした。「取材の機を逃すなんて、ノンフィクションライター失格」

「ちがうだろ。李奈はよくやってるよ。っていうより、ほんと、成長したよ」

「どこが」

「引きこもって妄想に没入して、ひたすら執筆するだけかと思ってたら、もうちがう。いろんな人に会って、心の扉を開けられるようになってる」

「……そんなことできてない。でもやらなきゃいけない。いつも辛《つら》い」

「妄想のなかのキャラじゃなく、本物の人間と接してるんだよ。ストレスがたまるのは当たり前だな。でもきっとそれが、文章の質を向上させる」

「どんなふうに？」

「どんなって……。小説は読まないから知らない」

しんどさの代償として、人間を活写できるようになる、そんな保証はあるだろうか。川端康成の表現力など夢のまた夢だ。そういえば彼も両親と死別し、孤独な少年時代を送ったと伝えられる。

航輝が忌々しそうにいった。「きょう嶋貫克樹がテレビにでてたな。芸能人みたいな服装でインタビューを受けてた。いちおう神妙な顔でお悔やみを口にしてた」

嶋貫克樹か。それで思いだした。李奈はささやいた。「雲雀社の比嘉さんから連絡があったの。『陽射しは明日を紡ぐ』の映画化の話が持ちあがったって」

「映画化だ？　嶋貫克樹が原作者かよ」

「原稿が岩崎さんより三日早く書き上がっていた件について、事実だと証言してほしいって頼まれた。プロデューサーが宣伝に使うからって」

「李奈が有名になったせいだな。引き受けたのか？」

「いえ……」

「だろうな。あんな銭ゲバどもに協力する義理があるかよ」

「でも雲雀社はその代わりに、情報をネットニュースに売ったみたい。ほら、これ」

マウスをクリックした。画面にブラウザが開き、記事が表示される。見出しは〝岩崎翔吾はあの原稿を入手していた〟

これまで嶋貫克樹と雲雀社は、事前に原稿を岩崎翔吾に送った、その事実を秘密にしてきた。記事によれば、じつは雲雀社の竹岡編集長が、推薦文をもらえないかと思い立ち、独断で岩崎に原稿を送っていたことが発覚した。そんなふうに報じられている。

たったそれだけの記事にも、すでに嘘が交じっていた。岩崎翔吾に原稿を送りつけたのは、ほかならぬ嶋貫自身だ。竹岡編集長は賛同したにすぎない。しかし嶋貫がそのように発表させたのだろう。

小説家みずからが宣伝工作を画策していたとするのはみっともない。それにふたりの作家が、直接連絡をとりあっていたのならば、どちらが盗作したのかという議論も再燃しやすい。嶋貫は抜け目なく、事態の紛糾を避けた。自分に火の粉が飛ぶのを防ぎ、岩崎による盗作を確定的と印象づけた。

記事内には匿名の人間の発言が抜粋されていた。〝「嶋貫克樹は岩崎翔吾より、三日早く原稿を編集部に送っている（出版関係者）」〟とある。李奈が比嘉の要請に応じていれば、この存在のふたしかな出版関係者の代わりに、杉浦李奈と書かれていたのだろう。

記事のコメント欄に、一般ユーザーの投稿が並んでいた。「やっぱりね。そうだろうと思った」「岩崎翔吾が前もって嶋貫克樹の原稿を読んでいたなら、すべてしっくりくるよ。データを一部いじって、自分の原稿として文芸新社に送っただけ」「どうりで『黎明に至りし暁暗』にまるで及ばない出来だったわけだ」「岩崎翔吾の一作目と作風が全然ちがった。その理由がはっきりした」……。

航輝がため息をついた。「みんなまんまと踊らされてる。でも騒動を面白がってるだけで、本は買わないだろ」

「それが……」李奈はマウスを操作した。アマゾンの販売画面に切り替える。『陽射しは明日を紡ぐ』の評価の平均はじわじわと上昇し、星4つを超えていた。投稿数は千以上に及ぶ。それだけ読者が増えたのだろう。レビューに相変わらず酷評はあるものの、高評価が増加傾向にある。

岩崎翔吾が真似るぐらいだから、この小説には独創性があり、完成度も高いはずだ。そんな先入観に影響されたとおぼしきレビューがめだつ。ここまでは嶋貫克樹の戦略どおりといえる。話題になりさえすれば自然に支持層が築かれていく。

ふいにチャイムが鳴った。李奈は思わずびくっとした。

航輝が踵《きびす》をかえした。「またどっかの記者かよ。懲りないな」

狭いアパートの一室だった。廊下などなく、靴脱ぎ場がダイニングキッチンに直結している。奥の部屋にいる李奈も、わずかに身を反らすだけで、玄関先を眺められる。

解錠することなく、航輝がドア越しにきいた。「どなたですか」

ききおぼえのある男の声が応じた。「神田署の永井です」

李奈は驚きとともに立ちあがった。航輝が李奈を振りかえった。やはり目を丸くしている。李奈がうなずくと、航輝はドアを開けた。

戸口の外に四人のスーツが群れていた。永井と浅野のほか、よりいかつい顔つきの男がふたり立っている。各自が事務カバンを提げていた。

永井刑事がおじぎをした。「ああ、杉浦さん。こちら警視庁捜査一課の山崎《やまざき》係長。それから佐々木《ささき》班長」

それぞれが頭をさげる。李奈は恐縮しながら会釈した。

浅野が声をひそめていった。「すみません。突然の訪問で申しわけないのですが、遠くから記者が見張ってるようなので……。なかに入らせてもらってもいいですか」

「あ、はい」李奈は応じた。「どうぞ……」

失礼します。四人は野太い声で告げると、靴を脱ぎ室内にあがった。永井刑事が食卓を眺め、低姿勢にささやいた。「これからお食事でしたか。ご迷惑をおかけしまして、本当にすみません。すぐ終わりますので」

李奈は立ち尽くした。「あのう。どういうご用件でしょうか」

四人の刑事も立ったままだった。佐々木と紹介された刑事が李奈を見つめてきた。

「こっちに戻ってから、嶋貫克樹と会いましたか」

「いえ……。担当の比嘉さんとは、メールでやりとりしましたけど」

「そうですか。彼のほうが岩崎さんより三日早く原稿を書き上げていたそうですが」

「報道があったことは承知してます。……岩崎さんの奥様は、なにかおっしゃってませんか」

浅野刑事が首を横に振った。「久美子さんはいまのところ、なんの意思表示もしておられません。民事のほうでも、まだ弁護士と話し合ったりはしていないようです」

「杉浦さん」永井刑事が問いかけてきた。「岩崎さんに『陽射しは明日を紡ぐ』の原稿が送られていた、その経緯をご存じですか」

李奈はうなずいた。「比嘉さんの話では、岩崎さんの用いるヤフーのメアドを、嶋貫さんが知っていたとか。それで原稿をメールに添付して送ったようです」

「確認できましたか」

「いえ。なぜか受信記録がなくて。削除されたのかもしれません」

四人が互いに顔を見合わせた。捜査一課の山崎が李奈に目を戻した。「受信記録が残っていないのも無理ありません。嶋貫克樹は原稿をメールで送ったのではなく、岩崎さんの自宅の郵便ポストに直接投函《とうかん》したんです」

「投函?」

「奥様が葬儀のあと、遺品整理を進めるうち、これを発見なさいました」

佐々木刑事がカバンのなかから大判の封筒をとりだした。中身は透明なケースに入ったCD-Rだった。

航輝が眉《まゆ》をひそめながら佐々木にたずねた。「そのディスクに原稿が入ってたんですか」

「ええ。問題は一緒に添えられた手紙です」

大判の封筒から一枚の紙が、そっと引き抜かれる。佐々木がそれを手渡してきた。

李奈は紙を受けとった。プリンターで印刷した文字のみが並んでいる。

岩崎翔吾へ

この原稿を自分の作品として発表しろ。拒否すればおまえと家族の命はない。

みぞおちを打たれたように声もあげられなかった。李奈は茫然《ぼうぜん》と文面を眺めた。

山崎刑事が険しい表情を向けてきた。「CD-Rとその手紙、両方から嶋貫克樹、本名唐澤紳太郎《からさわしんたろう》の指紋が検出されました」

唐澤紳太郎……。本名を知るのも初めてだ。李奈は動揺とともに問いかけた。「嶋貫さんは逮捕されたんですか……？」

「連絡がとれません」佐々木刑事の眉間《みけん》に深い縦皺《じわ》が刻みこまれた。「目下、重要参考人として行方を追っています」

## 22

正午すぎ、KADOKAWA富士見ビルの一階ロビーに、李奈はいた。受付カウンターの奥、大理石の床がひろがるフロアに、付き添いの航輝とともに立ち尽くす。担当編集者の菊池と、編集長の宮宇《みやう》が一緒だった。宮宇は五十代半ばの痩《や》せた男性で、李奈にとっては初対面になる。

四人はソファに座らず、ほとんど身を寄せ合うように、カウンターの陰に集まっていた。エントランスの外にはマスコミが押し寄せている。

職業フリーライター、ペンネーム嶋貫克樹こと、唐澤紳太郎に脅迫の疑いが浮上した。しかも彼は失踪《しっそう》してしまった。報道陣は李奈を新たな取材対象に選んだらしい。雲雀社の比嘉沙織が、杉浦李奈さんならなにかご存じかもしれない、そう発言したからだ。

李奈は困惑するしかなかった。KADOKAWAには打ち合わせに来ただけなのに、これでは外にでられない。

宮宇編集長がぼやいた。「やれやれ、風向きが毎日のように変わるな」

菊池も苦りきった顔でうなずいた。「嶋貫の脅迫を知ったとたん、やっぱりなという声があがってます。岩崎翔吾の盗作が確定的と報じられたときにも、同じことをいってたくせに、なにがやっぱりなんだか」

ネットにあがっている意見は、いまや嶋貫への批判が大半を占めていた。コメントは「どうりで岩崎翔吾の二作目にしちゃ稚拙だと思った」「『黎明に至りし暁暗』とは比較にならないね」「嶋貫は最初から胡散臭《うさんくさ》かった」……。『陽射しは明日を紡ぐ』の評価は急落、アマゾンの平均も星1つになっていた。

航輝は苛立《いらだ》ちを隠そうともしていなかった。「みんなスキャンダルの拡大を、野次馬根性で面白がってるだけです。妹を巻きこまないでください」

「巻きこむ？」菊池が心外だといいたげな表情になった。「彼女は取材に尽力してます。いま切りあげたら、これまでの頑張りが無になるでしょう」

宮宇編集長が腕組みをした。「どうも理解できんな。嶋貫克樹はなんでそんなつまらない脅迫をした？　警察沙汰《ざた》になるのは目に見えてただろう」

菊池が同意をしめした。「ふしぎですよね。旬の作家だった岩崎翔吾が盗作したとなれば、たしかに嶋貫克樹の評価は上がります。でも岩崎さんの手もとには、嶋貫から脅迫を受けていた事実をしめす、れっきとした証拠があったんですよ」

「通報すればよかった。嶋貫も逮捕されただろう。なのに岩崎さんはなぜ脅しに屈した？」

「本名の唐澤紳太郎で検索すると、二十代のころつきあっていた彼女と美人局《つつもたせ》を働き、恐喝で逮捕されたとか……。ネット界隈《かいわい》じゃ詐欺師だったって話題で騒然です。脅迫のコツを心得ていたのかも」

宮宇が李奈に視線を向けた。「きみも危なかったな」

李奈は混乱しきっていた。どんなに強く脅されたにしても、他人の書いた原稿を自分の小説として出版する、そんな決意に踏みきれるだろうか。岩崎は盗作の不名誉を背負ったまま姿を消し、遺体で発見された。いまは嶋貫まで行方不明だ。

菊池が李奈にきいた。「雲雀社はなんといってる？」

「関与を否定してます」李奈はため息まじりにいった。「嶋貫克樹の人格については危うさを感じていたものの、岩崎翔吾が盗作するほど素晴らしい小説を書いたことは、真実だと信じてたそうで……」

「嶋貫はなぜ三日早く書き上げたとばかり吹聴した？　自分が盗作被害に遭ったと偽装したいのなら、もっと前に完成させたと主張すればよかっただろ」

「ぎりぎりの差にすることで、どっちがどっちを模倣したか、話題になることを狙ったのかも」

「炎上商法か」菊池が頭を掻《か》きむしった。「岩崎さんにとって、本をだしちまったのが運の尽きだな」

きのう喫茶ドロテで、岩崎翔吾のお別れ会が開かれた。李奈も招かれた。ゼミの学生らも河村店長も、通夜と葬儀を手伝ったらしい。その慰労も兼ねての集まりだった。しんみり故人を偲《しの》ぶ空気にはほど遠かった。誰もが報道内容に憤慨していた。関根彩花がまくしたてた。岩崎先生が脅迫を受けてたなんて、信じられるわけないでしょ。先生の態度はいつも穏やかだった。二作目のことは積極的に口にしたがらなかったけど、怯《おび》えてもいなければ不安そうな顔ひとつ見せなかった。

ロビーに守衛の制服が駆けこんできた。「早くなんとかしてもらえませんかね。会長がクルマをだせないってお怒りで」

宮宇編集長がうろたえだした。「杉浦さんに質問したがってるんだから、彼女が帰ればいいだけの話だな」

航輝が嚙《か》みついた。「追いだすつもりですか。妹はまだ精神安定剤を服用してるんですよ」

李奈は航輝に耳打ちした。「最近は飲んでない」

「なに？　まだ処方された薬が残ってるだろ」

「もう平気だから。行こ」李奈は宮宇と菊池に頭をさげた。「どうもお騒がせしました。取材の進みぐあいについては、またメールします」

足ばやに歩きだし、エントランスへと向かう。航輝があわてたようすで追いかけてきた。

「おい李奈」航輝が戸惑いの声を響かせた。「まてよ。いま外にでちゃまずい」

「このまま隠れてもいられないでしょ」

「おまえ変わったな……」

エントランスのガラス戸から、陽射しの下に歩みでた。幹線道路沿いではない。都心の住宅街の奥、生活道路並みに細い道沿いに、KADOKAWA富士見ビルはあった。路上は報道陣で埋め尽くされている。李奈に目をとめると、記者たちがいっせいに駆け寄ってきた。

航輝がつぶやいた。「やべえぞ……」

たちまち報道陣が李奈を取り囲んだ。矢継ぎ早にカメラのシャッターが切られる。何本ものマイクが眼前に突きつけられた。リポーターが大声で質問しだした。「杉浦李奈さん！　岩崎翔吾さんにつづいて、嶋貫克樹さんも行方不明ですが……」

別の記者らが負けじと声を張りあげる。「ふたりとも杉浦さんのお知り合いだったんですよね？　ノンフィクション本のための取材を進めておられたそうですが、なにかご存じでしょうか」

「もともと岩崎さんはあなたの本を推薦していたようですが、深い関係だったんですか」

「岩崎さんのご遺体の第一発見者でもあられるそうですが、どのような経緯で京都に向かわれたんですか」

「なにか特殊な情報源をお持ちですか」

「なぜ小説家なのにノンフィクションをお書きになるんですか」

李奈は路上で行く手を阻まれ、立ちどまらざるをえなくなった。揉《も》みくちゃにされるとは、まさにこの状況にほかならない。

困った。ＫＡＤＯＫＡＷＡにはジャーナル誌がないため、報道記者がいない。よってどの筋も情報を得られず、李奈を直撃取材してくる。なにもないとうったえても、聞く耳を持ってもらえるかどうか怪しい。

航輝が李奈を庇《かば》うように、取材攻勢の矢面に立った。「道を空けてください！　仕事で関わってただけです。報道発表されてる以外のことは、なにも知りません」

記者たちは一瞬動きをとめた。誰だろう、そんな目でまじまじと航輝を凝視する。李奈と顔が似ていると気づいたらしい。女性リポーターが声を張った。「お兄さんですね!? 妹さんも脅迫を受けてるとの噂がありますが事実でしょうか」

「ど」航輝が面食らう反応をしめした。「どこからそういうガセが……」

「妹さんの売名行為だという心ない意見もありますが、どのようにお感じですか」

「誰がそんなことといってるんですか？　ぶっ飛ばしてやりたい」

使える発言が得られたからだろう、報道陣は騒然となった。いっせいに質問が飛んだ。「お兄さんは嶋貫さんをどう思いますか」「なにかご存じですか」「ふだん一緒に住んでるんですか」……。

李奈は弱り果てて航輝を見つめた。航輝も当惑顔で見かえした。もはや身動きひとつとれない。報道陣の輪の外で、菊池や守衛が制止を呼びかけている。だが誰も聞きいれない。

ふいにクラクションが鳴り響いた。記者たちを蹴《け》散《ち》らすように、一台のセダンが近づいてくる。ハコスカすなわち、半世紀近くも前の日産スカイラインだった。李奈の間近に停車するや、運転席のドアが開いた。

降り立ったのはライターの秋山颯人だった。秋山は後部座席のドアを開けながらいった。「みなさん、杉浦李奈さんには次の仕事があります！　移動を妨げるのはおやめください」

秋山が目でうながした。李奈は航輝の手を引き、一緒に後部座席に乗りこんだ。ドアが叩《たた》きつけられる。秋山は運転席に戻った。包囲する報道陣を、またもクラクションで追い払った。

さすがに業務妨害はためらわれる、どの記者もそう思ったらしい。みな左右の道端に引き下がった。セダンは徐行しだした。少しずつ速度があがる。ようやく社屋の前から遠ざかった。

助かった。李奈は心底ほっとした。安堵《あんど》のため息が漏れる。

秋山は運転しながら、からかうような口調でいった。「マスコミ対応がなってないね」

航輝が妙な顔で李奈にきいた。「誰？」

「ライターの秋山さん……」

「杉浦さん」秋山の目がバックミラーのなかから見つめてきた。「こんなに騒がれるとは思ってなかったって顔してるな。甘いよ。西村《にしむら》みゆきの『針のない時計』騒動を知らないのか？　出版トラブルはマスコミの大好物だ。しかも著名人の死が絡んで、脅迫に失踪《しっそう》ときてる」

「おい」航輝が秋山の背にいった。「不謹慎だろ」

「すまないな。出版界の底辺、フリーライター業をやってると、品行方正になんか生きちゃいられねえ。杉浦さん、版元に守ってもらおうとしても無駄だぜ？　ノンフィクション本の前宣伝になるんだから、編集も騒動の拡大をほくそ笑んでる」

李奈には受けいれがたい物言いだった。「菊池さんはそんな人じゃないと思います……」

「ピュアだな。まあいい。俺も記事を週刊誌に売って稼ごうと思ってる。お互い、これまでの取材で得た情報を交換しないか？　助けてあげた礼としちゃ悪くないだろ」

航輝が鼻を鳴らした。「情報って、そっちがなにを知ってるってんだ？」

「岩崎翔吾の両親を取材してきた」秋山が余裕綽々《よゆうしゃくしゃく》に告げてきた。「興味ないか？　ないならいい。でもそんなことないだろ。ふたりとも顔に書いてある」

23

秋山颯人がステアリングを切り、日比谷《ひびや》公園沿いの路肩にクルマを寄せる。停車後も秋山はずっと、運転席で前を向いたまま、後部座席の李奈と航輝に話しかけてきた。どこへ行っても追われる身なら、車内がいちばん安全だよな、秋山はそういった。

「幻聴？」秋山は李奈の言葉をきくや、怪訝《けげん》そうな声を発した。「岩崎翔吾がスマホで通話してたのが？　無意識のうちに芥川じゃなく、太宰寄りだと主張したってのか。自殺の場所になぞらえて」

信じられないのも無理はない。それでも李奈はいった。「『小説現代』の対談、おぼえてるでしょ？　芥川や太宰に言及してたし」

「面白いが無理がある。無意識の声なら、岩崎さんの心に秘めた本音がきこえるんじゃないか？　芥川の剽窃《ひょうせつ》を信じ、それを自分のことのように感じていたのなら、幻聴は太宰じゃなく芥川寄りだと語りかけてくるだろ」

「さあ……。秋山さんは幻聴に詳しいんですか」

「詳しいわけねえだろ、精神科医じゃねえんだし。岩崎さんが意識的に嘘をついたってんなら、まだ話はわかる。図書館の職員に、自分が芥川じゃなく太宰寄りだと思わせたかったとか……。いや、やっぱり奇妙だ。なんでそんなことをしなきゃならねえ？」

「自殺を決意してたけど、盗作を認めたわけじゃないってことがいいたかったのかも」

「それで自分の死に場所が、芥川の死んだ北区じゃなく、玉川浄水……場にすると伝えたって？」秋山は笑った。「小説に書いたらバカミスだな」

隣りの航輝も妙な顔で見つめてきた。「東京の玉川上水に行ったほうが説得力がないか？」

李奈は当惑しつつも応じた。「遠くへ逃げるつもりだったから、関東以外の地域で、芥川と太宰の死に場所が連想できる地名を探したんじゃないかと……」

秋山が大仰にため息をついた。「もちろん出発前に探したってことだよな？　パソコンの予定表に井手町図書館と書いてあるんだし。日時まで記録しておいたのは、誰かが気づいて自殺を止めにきてほしいって、心の奥底で願ってたからだとか？」

「そこまでは……。でも実際に、岩崎さんのスマホは電源が切れてたって、携帯キャリアが判断してる。通話記録もないって」

「スマホ自体も見つかってないんだよな？　杉浦さん、ノンフィクション本にどう書くつもりだよ。幻聴にしろ芝居にしろ、自殺前の混乱した頭では奇異なことをしでかすもんだ、そのひとことで終わらせる気か？　結末がアンフェアだろ」

「推理小説じゃないんだし……」

「でも読み物として面白くなきゃな。杉浦さんはジャーナリストとして食ってくわけじゃないんだ。文章力や表現力、構成力を評価されねえと、小説家としておいしくねえよ」

李奈は黙りこんだ。ノンフィクション本が売れて、小説家として名誉を回復、そんなことを念頭に置いてはいない。いまはただ真実が知りたかった。岩崎翔吾はどんな人だったのだろう。小説家として尊敬に値すると、いちどは信じた存在。李奈自身、これからも小説家として生きていくのなら、本当のことを知らずにはいられない。

「あのう」李奈は秋山にきいた。「岩崎さんの奥様や娘さんは、いまどんな状況ですか」

「川崎の家で暮らしてる。きみと同じくマスコミの突撃取材に悩まされながら、鬱々《うつうつ》とした生活を送ってるだろうな。警察も頻繁に訪ねてる。CD-Rと脅迫文を発見した久美子さんに事情をきいたらしい」

「まさか疑われてるんでしょうか」

「いや。その可能性はないと思うね。重要参考人ならもっと徹底的にマークする。久美子さんに不審な点が見つからないからこそ、警察も必要以上に干渉しないんだろ」

航輝がいった。「秋山さん。妹は取材で知ったことを話した。今度は秋山さんが情報を提供する番だよ」

秋山はペットボトルの炭酸水を呷《あお》った。「岩崎翔吾の両親は、群馬の桐生市《きりゅう》に住んでる。父は岩崎昭衛《しょうえい》、母は徹子《てつこ》、旧姓は芳賀《はが》。一見豪邸だったんで、裕福かと思ったが、そうでもなさそうでな。まあ並みの年金暮らしだ」

李奈はきいた。「でも家は大きいんですよね？　長期ローンで購入したとか？」

「共働きだったからな。岩崎翔吾の幼少期は、両親ともに会社勤めで、出世を懸けてバリバリ勤務してたらしい。ともに出張が多く、家を留守にしがちで、奥さんの妹に子育てをまかせっきりだった」

「奥様の妹……」

「岩崎翔吾からすれば叔母《おば》ってことだ」バックミラーに映る秋山の目尻《めじり》に皺《しわ》が寄った。にやりと笑いながら秋山がいった。「講談社での対談を思いだすよな」

親の愛情が希薄な家庭に育った。伯母か叔母が面倒をみることが多かった。芥川や太宰に文才が芽生えた理由。岩崎翔吾は自分のことを語っていたのか。

マズローの欲求五段階説を、岩崎はひとつの物差しとした。生理的欲求、安全欲求、集団欲求、承認欲求、自己実現欲求。大きな家に暮らしていたからには、安全欲求までは満たされたかもしれない。だが両親は話し相手になってくれなかった。家族という最小単位の集団で、自分が受けいれられなかったため、集団欲求は満たされないままだった。不足分はひとつ上の階層で補おうとする。承認欲求の層が分厚くなる。

小説家の承認欲求は自己承認だ。自分で自分を承認して満足を得る。誰かから承認を受けることは求めない。だから自分のために書けばいい。しかし……。

秋山が鼻で笑った。「興味深いことを教えてやる。岩崎翔吾が中二のころ、不況で父親の会社が潰《つぶ》れた。母親の勤め先も事業規模を縮小し、減給になった。でかい家のローン返済が苦しくなった」

李奈は息を呑《の》んだ。「生活が苦しくなったんですか」

「住宅ローン以外の債務を整理して、なんとかローン返済は継続できた。家は失わずに済んだ。でも岩崎翔吾は私立校から公立校への転校を余儀なくされた。成人してもまだ家のローンは残ってた。奨学金が借りられなきゃ、大学への進学を断念するところだった」

「いったん満たされたはずの安全欲求が崩れたんですね……。承認欲求が肥大化したあとで」

太宰治は安全欲求を脅かされなかった。井伏鱒二に弟子入りしたのち、芸者の小山《おやま》初代《はつよ》と結婚。兄の文治《ぶんじ》から津島《つしま》家との分家除籍を通告されてしまった。しかし代わりに毎月の仕送りを受ける約束を得た。財産分与がなくなり、太宰は不満を抱いたようだが、食べていくのに困ったわけではない。

一方の芥川龍之介は生来病弱だった。歳を重ねるごとにそのことを意識していった。あるていど成長したのちに安全欲求が崩れた。集団欲求を承認欲求で補うべく、小説家になったのち、安全欲求まで失われた。承認欲求は途方もなく分厚くならざるをえない。自己承認だけでは足りなくなり、広く一般からの賞賛を求めるようになる。自分のために書かず、大衆に認められることに躍起になる。岩崎翔吾の持論では、それが芥川の模倣傾向につながった。いや、岩崎はもっと露骨な言い方をしていた。芥川は盗作をしているときめつけた。

李奈はつぶやいた。「もしそうなら、岩崎さんは芥川と同じく、環境のせいで……」

「ああ」秋山がうなずいた。「本が好きになったのも、小説を書こうと思ったのも、盗作をしてしまったのも、ぜんぶ家庭に由来すると自己分析してる。身勝手な主張だよ。それを正当化するために、芥川を不当に貶《おとし》めてる。侮辱してるといってもいい」

「……芥川龍之介と同じだと自覚することが、岩崎さんにとって救いになってたんでしょうか」

「岩崎翔吾が盗作をしてたのならな。だが俺はまだどうも……」

「疑問があるんですか」

「嶋貫の脅迫に屈したなんて、とても信じられねえ。岩崎翔吾が盗作に対する罪の意識に耐えかねて、芥川と似た境遇だとうったえたのなら、あの対談時にはもう脅迫を受けてたのか？　そんなふうには見えなかった」

「ええ」李奈は心から同意した。「そうですね」

「岩崎の両親はどちらも、息子は自殺する人間に思えないといった。人の恨みを買う性格でもないってね。ふたりとも悲嘆に暮れてたよ。子供への愛情はあったようだ」

「叔母さんには会えたんですか。岩崎さんの養育者代わりだった人ですよね？」

「会ったよ。同じく桐生に住んでたからな。名前は芳賀亜由子《あゆこ》。でも岩崎の両親とはもう疎遠らしい。葬儀にも呼ばれなかったそうだ」

「それはなぜ……」

「幼いころの岩崎翔吾の面倒をみたのは、姉が報酬を約束してくれたから、それだけにすぎないってさ。甥《おい》っ子《こ》への愛情なんて、これっぽっちもなかったといってた。ところが姉は稼ぎが減ったのを理由に、報酬の支払いを先送りし、ついには踏み倒した」

「叔母さんは本好きだったり、話をきかせてくれたりしたんでしょうか」

秋山は苦笑しながら首を横に振った。「きみや太宰みたいな幼少期を送ったわけじゃなさそうだ。亜由子さんは、小説なんか一冊も読んだことないってよ。甥っ子はひとりで本を読んでるような子供だったって」

航輝が秋山に問いかけた。「岩崎さんの元クラスメイトは？　家庭より学校のほうが心を開いてたんじゃないのか」

「もちろん調べたとも。いまも交友がある者は皆無だったけどな。中学と高校のころ、岩崎翔吾はずいぶん目立ちたがり屋だった。成績は優秀、注目されることを好む性格だったらしい。承認欲求が肥大化してたからかな」

李奈はきいた。「大学はどうですか」

「同学年の親しい友達はまだ見つかってない。ひとりで黙々と勉強してたみたいだ。でも岩崎翔吾を教えた日本文学の元講師は判明してる。保坂洋介《ほさかようすけ》って人だ。あさって会いに行くけど、きみも一緒にどうだ？」

航輝が難色をしめした。「平日だから仕事がある」

「お兄さんにはきいてないよ。妹さんは目下、取材が仕事だろ？」

ためらう理由はない。李奈はうなずいた。「行きます」

すると航輝が心配そうな目を向けてきた。「ひとりでだいじょうぶか?」

「平気」と李奈は応じた。

また胸騒ぎがする。岩崎翔吾の芥川に関する持論。あれは自己正当化のためだったのか。本当はどう思っていたのか、そこが知りたい。

24

保坂洋介は八十二歳、とっくに大学講師は引退し、いまは高円寺《こうえんじ》で妻とふたり暮らしだという。駅近くにある喫茶店で、李奈は秋山颯人とともに、保坂に面会した。

ガラス越しに見える並木を眺め、保坂は目を細めた。「このへんはイチョウばかりだね。大学のキャンパスにも多かった。落ち葉が私道いっぱいになると、クルマがスリップして危ないんでね。学生たちとよくホウキで掃除したもんだよ」

李奈は微笑とともにうなずいてみせた。ところが秋山のほうは、無駄話に興味はない、そんな態度を露骨にしめした。ICレコーダーの録音をとめ、データをクリアしてから、また録音ボタンを押した。ここまでは使えない会話だった、さもそういいたげに、またICレコーダーを保坂に押しやる。

秋山は保坂を見つめた。「岩崎翔吾さんの話なんですけどね。文学部日本文学科での成績は優秀。小説家を志し、保坂先生に助言を求めた。それからどうなったんですか」

保坂が困惑のいろを浮かべた。「失礼。話が横道に逸《そ》れてしまったな。どうも最近は頭が鈍くて、順繰りに思いださないと……」

「結構です。思いだしたことを話してください」

「そうだな」保坂はコーヒーをひと口すすった。「彼はあちこちの文学賞に応募していた。何度か最終選考まで残るうち、出版社の編集者と知り合ったよ。あれはたしか、徳間書店の……」

「亀倉《かめくら》って人ですか」秋山がきいた。

「そうそう、亀倉」

李奈の知らない名だったが、秋山はすでに取材したらしい。承知済みだという態度で秋山がいった。「もう会ってきました。岩崎翔吾さんが初めて出会った編集者なので」

「あの人はまだ現役かね？」

「いいえ。もう定年で……」

「私は面識がないんだが、岩崎君からよく話はきいたよ。文章の添削を受けるうち、小説の文体や構成を学んだといってた」

秋山は特に感心したようすもなく、平然と脚を組んだ。「在学中にはデビューできなかったんですね」

「岩崎君は頭脳派だった。編集者の亀倉さんから学んだ小説の書き方も、直感を育てるより思考で理解を深めていった。学者として分析するほうが性に合ってたんだな。私もそうだったから共感できるよ。彼は亀倉さんの教えを活《い》かし、講師になる道を選んだ」

「そのほうが安定した暮らしを送れるって判断もあったでしょう」

「もちろんそうだ。大学を卒業して学士、大学院の二年間で修士号、三年間の研究を経て博士論文が合格すれば博士号。大学教員募集に応募して教員になる。ゼミを主宰する教授の推薦を受け、助手から講師になる。年収は七百万円弱」

「准教授や教授になるのは難しいんですか」

保坂の表情がわずかに硬くなった。「教授になれるのは五十代後半でね。講師になれるのはだいたい四十代前半だ。岩崎君は少し早め、三十九歳だったときいた。奥さんとはそれ以前に結婚したとか」

李奈は保坂を見つめた。「奥様によれば、岩崎さんは高校生のころから小説を書きためてたそうです。でもなかなか完成しなかったと」

「ああ。ずっとむかしから手がけてるこだわりの一作があったらしいな。読ませてはもらえなかったが、作品の存在は打ち明けてくれたよ。たぶん『黎明に至りし暁暗』が、その発展形じゃないかと思う」

「なぜそう思われるんですか」李奈はきいた。

「彼らしさにあふれてるからだよ。文学を通じ、岩崎君が感じたことのすべてが、あの一作に凝縮されている。評判になったのもわかる。私の教えた文学理論も反映されていた」

秋山が醒《さ》めた顔で問いかけた。「『エレメンタリー・ドクトリン』はどうですか」

保坂の表情はまた険しくなった。コーヒーを皿に戻し、保坂はため息をついた。

「あれはあきらかに別人の作品だ」

「別人？」秋山が保坂に問いただした。

「未熟な出来だからな」

秋山がいった。「亀倉さんは別の意見でしたが」

「ほう。そうかね」

「岩崎さんが嶋貫克樹の脅しに屈する、なんらかの理由があったんでしょうか」

「いや」保坂は窓の外に目を向けた。「ワイドショーなら観た。岩崎君はあんな脅しに負ける男じゃない。他人の小説を自作と偽って出版したりはしない。死んでもそんなことはできないはずだ」

「だから自殺した可能性もありますよね？」

保坂は憤りのいろをのぞかせた。皺《しわ》だらけのいかめしい顔が李奈に向けられる。この男は非常識ではないのか、目がそう問いかけてくる。

李奈はテーブルに視線を落とした。秋山に自制を促すべき状況、そうも感じられる。けれどもなぜかその気になれない。出会った相手の本音を知りたい、そんな衝動のほうが勝っている。

「岩崎君はな」保坂が語りだした。「売れたから嫉妬《しっと》されたんだ。嶋貫という人は、岩崎君がどんな男か知らずに、一方的に成功をやっかんだ。そうとしか思えない。本当の岩崎君を知っていれば、けっして憎んだりできないはずだ」

秋山はICレコーダーとともに伝票を拾いあげた。ふいに腰を浮かせ、軽く会釈をした。「どうもありがとうございました」

さっさと立ち去る秋山の背を、保坂がぽかんと見送る。李奈も呆気《あっけ》にとられていたが、席に留《とど》まってはいられない。保坂におじぎをしながら、そそくさとその場を離れた。レジに向かう秋山を追いかける。

秋山はもう伝票をレジに提出していた。従業員が告げてくる。千五百円です。すると秋山が李奈に目を向けてきた。ノンフィクション本の経費だろ。無言のうちにそう伝えてくる。

李奈はやれやれと思いながら財布をとりだした。さっきのが取材の手本なら、ノンフィクションライターになんかなりたくない。

「杉浦さん」秋山は近くに立ち、李奈が会計を進めるのを眺めていた。「きみはサービス業向きだな。ここのバイト募集に応募したら？」

「どういう意味ですか」

「取材対象はお客さんじゃないんだ。気分をよくしてあげたところで、今後の見返りが期待できないんなら、なんの意味もない」

「だからって不愉快な思いをさせなくてもいいでしょう」

「うわべだけの社交辞令じゃなく本音がきけた。そう思わないか？」

李奈は釣り銭を受けとった。複雑な気分で店をでる。「それはそうですけど……」

駅前の一角は静かだった。晩秋の脆《もろ》い陽射しが降り注ぐ。秋山は李奈の横に並んで歩いた。『エレメンタリー・ドクトリン』について、徳間書店の亀倉さんは正反対のことをいってた」

「正反対って？」

「岩崎翔吾らしい作品だってさ。他人が書いたもののはずがないって」

「あの二作目が？　まさか……」

「亀倉さんによれば、岩崎翔吾は純然たる小説家ではなく、やはり文学研究の講師だとよ。とにかくすべてを学問としてとらえる人だし、ゼミの学生たちにもそのように教えてる。だから教え子はみんな作家じゃなく研究者の卵になる。そんな岩崎さんらしさは、二作目のほうがでてるって」

「私見でしょう」

「岩崎翔吾の担当になった、最初の編集者の意見だよ？　スルーできるかい？」

どうにもわからない。李奈は軽いめまいをおぼえた。小説を読めば書き手の人となりも、それなりに感じとれる。そう信じればこそ『エレメンタリー・ドクトリン』が岩崎翔吾の作品でないのでは、そのように疑った。しかしプロの編集者が正反対の見解だという。作品からは読みとれないのだろうか、著者の生きざまの片鱗《へんりん》さえも。

スマホが鳴った。自分のスマホの音だと気づいた。どこにしまったのだろう。李奈はハンドバッグのなかをまさぐった。丸まったレシートやクーポン券をつかみだす。

秋山がこぼした。「坂口安吾《さかぐちあんご》の部屋並みに散らかってるな。『堕落論』だ」

「人間だから堕《お》ちるんです」ようやくスマホが見つかった。画面に表示されているのは、まるで見知らぬ番号だった。とはいえ下四桁《けた》が0110。警察署のようだ。李奈はあわてて応答した。「はい、杉浦ですが」

耳におぼえのある男性の声がいった。「捜査一課の佐々木です。以前にアパートでお会いした……」

「ああ、はい。おぼえてますけど」

「いま話せますか?」

「……ええ。なにかあったんですか?」

「嶋貫克樹、本名唐澤紳太郎が見つかりました」佐々木刑事の低い声が告げた。「残念ながら亡くなっています」

## 25

空は曇りがちになっていた。灰いろに染まる千代田《ちよだ》区一《ひと》ツ橋《ばし》二丁目、表通りから一本入った路地裏。道沿いに雑居ビルが林立している。

現場は地下駐車場の入口だった。黄いろいテープの張られた区画内は、さらに青いビニールシートで覆われている。スロープをストレッチャーが上がってきた。シーツが頭まですっぽりとかぶせてある。遺体にちがいなかった。これからどこかに搬送される手筈らしい。

捜査員のみ立ち入りを許された区画に、李奈は秋山とともに通された。捜査一課の佐々木から連絡があった、そう伝えると、警官たちが李奈たちを招きいれた。遠慮するべきだったかもしれない。ここにいるだけで胸がむかついてくる。

京都の玉川沿いと同じく、この現場でも青いユニフォームの鑑識要員らが動きまわる。都心のためかてきぱきとしていた。頭数もやたら多かった。

またこんな場所に立ち会うことになった。どうしてこう悲劇ばかりが連続するのだろう。嫌な話、以前より慣れてきたと感じる。玉川沿いでは意識が遠のいたが、いまはそんな兆候もない。

ビニール製の割烹着《かっぽうぎ》のような服がふたり近づいてきた。帽子とマスクを取り払う。神田署の刑事、永井と浅野だった。

永井刑事が李奈を見つめた。「お越しにならなくてもよかったのに」

李奈は応じた。「佐々木さんから連絡があったので……。どちらにおいでですか」

「本庁の捜査一課なら、神田署の捜査本部に引き揚げましたよ。現場での証拠収集は私たちの仕事です」

浅野刑事が手袋を外しながらぼやいた。「またうちの管轄内とはね」

秋山は辺りを見まわした。「死んだのは嶋貫克樹ですか？」

刑事たちが訝《いぶか》しげな目を秋山に向けた。浅野がいった。「本名は唐澤紳太郎。地階の駐車場で二酸化炭素消火設備が作動。クルマに乗ろうとしていた唐澤さんが犠牲になりました。死因は窒息死」

「ふうん」秋山は顎《あご》を撫《な》でまわした。「事件と事故、自殺。すべての可能性を含めて捜査。そんなとこですか」

「失礼ですが……」

「秋山颯人といいます。フリーライターです。杉浦さんと一緒に盗作騒動の取材中でして」

永井刑事の表情が険しさを増した。「秋山さん。一時間ほど前には、どこにおられましたか」

「なぜきくんですか」秋山がたずねかえした。

「フリーライターということは、唐澤さんと同業ですよね」

「唐澤……ああ、嶋貫のことですか。勘弁してくださいよ。同業ってだけで疑われちゃかないませんね」

「いちおう質問しているだけです」

「杉浦さんと一緒に、高円寺駅前の喫茶店にいましたよ。ある人にインタビュー中でした」

浅野刑事が李奈に問いかけた。「たしかですか」

「はい」李奈は答えた。

「ほらみろ」秋山が不敵な笑いを浮かべた。「俺に地下駐車場の赤ボタンなんか押せるはずがない」

永井刑事が秋山を見つめた。「赤ボタン？　よくご存じで」

「仕事柄、過去の事故にも詳しいんで」

「きょう高円寺でのお仕事に前後して、こちらのほうに来られませんでしたか」

「高円寺駅から総武線の東西線直通で二十三分、竹橋《たけばし》駅から徒歩七分。三十分かかる距離だよ。靖国《やすくに》通りが空《す》いてたとしても、クルマで三十分は切れない」

浅野刑事の眉間《みけん》に皺《しわ》が寄った。「やけに詳しいな」

秋山は雑居ビルの向こうにそびえ立つ、ひときわ大きなビルを指さした。「あれわかる？　小学館。何度か仕事させてもらってる」

「近所をよくご存じなわけですね。このビルの地下駐車場もお馴染《なじ》みとか？」

「なんでこんな雑居ビルを知ってるってんだよ。来たこともない」

「小学館ではどんな仕事を？」

「そんなこときいてどうするんです？」

「いちおううかがっておこうかと」

「……ポケモンのムック本だよ。コラムを担当してた」

刑事たちふたりは真顔を維持している。しかしいずれも目は笑っていた。

秋山がむきになった。「いいだろべつに。フリーライターはどんな仕事でも片っ端から受けるんだよ」

李奈は刑事たちに話しかけた。「すみません。嶋貫さんはどんなふうに……」

永井刑事が李奈を見かえした。「きのう納車になったばかりのポルシェを、ここに預けていたようです。クルマをだすべく乗りこもうとして、運転席のドアを開けたところ、駐車場の床に倒れたらしくて」

秋山がからかうように口をはさんだ。「なら自殺じゃねえだろ」

「いや」永井刑事が秋山に向き直った。「そうともいいきれません。ボタンを押してからクルマに乗りこみ、ドアを開けたままシートでじっとしている、そんなつもりだった可能性もあります」

「買ったばかりのポルシェで?」

浅野刑事が冷ややかな口調で秋山にいった。「せめて新車で死にたいと思ったのかもな」

「本気かよ」秋山は顔をしかめた。「防犯カメラは?」

「地下駐車場にはなかった。あなたもご存じでしたか」

「だから知るわけねえって」

李奈は黄いろいテープの外、路地で鈴なりになっている野次馬たちを眺めた。比嘉沙織は駆けつけていないようだ。雲雀社の社員もいっさい見かけない。いまや嶋貫は赤の他人、そんなスタンスなのだろうか。

ふと見覚えのある顔が目にとまった。六十一歳、丸々と肥え太った身体つき。はちきれんばかりのセーターは、KADOKAWAのラウンジで会ったときにも着ていた。ベテラン小説家の田中昂然だった。

田中は立ち去りだした。李奈の視線に気づいていない、または気づいたとたん退散した、どちらともとれる微妙な行動だった。

　李奈は刑事たちに声をかけた。「ちょっと失礼します」

　返事をまたず李奈は駆けだした。制服警官が鉄製のバリケードをずらし、通行可能な隙間を空けてくれた。李奈はそこを通り抜け、立入禁止区画外に脱した。人混みのなか、必死に田中を追いかける。

　現場から遠ざかるにつれ、混雑も徐々に緩和されてきた。そこかしこに歩行中の後ろ姿がある。ひときわ横幅の広い背に、李奈は声をかけた。「田中さん」

　田中が足をとめ、妙な顔で振りかえった。李奈を眺める。曖昧《あいまい》な表情を浮かべていた。

「ああ」田中はいった。「きみか。その節はどうも」

「いま現場を見ておられましたよね」

「そう。小学館に用事があって、その帰りだ。なにがあったのかと思ってね。犠牲者がでたようだが」田中はふいに気遣わしげな顔になった。「そうそう、きみ。杉浦李奈さんだね。京都じゃ災難だった」

　ようやく誰なのか思いだしたらしい。李奈は頭をさげた。「ご心配をおかけしました」

「いや。私はべつに、迷惑をこうむってはおらんのだし……」田中は来た道を振りかえった。「きみはなぜあそこにいた？」

「嶋貫克樹さんが……。お亡くなりになりました」

「なに？　嶋貫？　岩崎翔吾が盗作した……」

ふいに誰かの声が呼びかけた。「杉浦李奈さん！」

小集団が駆けてくる。TVリポーターとカメラマン、それに新聞記者らしき数名だった。現場周辺にいたらしい。

やばい。李奈は田中におじぎした。「お声がけして申しわけありませんでした。失礼します」

田中が唖然《あぜん》とした顔で見かえす。李奈は走りだした。またしても逃げなければならない。

人を取材しておきながら、みずからは取材を拒絶する。身勝手と揶揄《やゆ》されるかもしれない。けれどもマスコミには偏見を撒《ま》き散らされるばかりだ。ああはなりたくない。自分がおこなう取材だけは正確を期したい。

李奈は小学館ビル前の階段を駆け下りた。地下鉄神保町駅の構内に入る。報道陣は追いかけてこなかった。路上とちがい、駅構内は撮影許可にうるさい。李奈はほっとして歩を緩めた。

スマホが短く振動した。とりだして画面を眺める。彩花からメッセージが入っていた。〝大学の植松《うえまつ》准教授が杉浦先生と会って話したいそうです〟、そう記してあった。

植松准教授……？　李奈は思わず首をかしげた。まるで面識のない人物だった。

26

翌日の午後二時、都内は曇り空だった。李奈は戦々恐々としながら、彩花に導かれ、駿望大学のゲートに近づいた。

ゼミの学生がもうひとり同行している。李奈の服装は渚が見繕った。喫茶ドロテでもほとんど喋《しゃべ》らなかった、無口な鳥居渚だった。李奈の服装は渚が見繕った。タッセルやフリンジのついた、やや古い趣味のセーターが、女子大生っぽく感じさせるコツだという。伊達《だて》眼鏡もかけていた。李奈はうつむきながら、彩花と渚の陰に隠れ、こそこそと前進しつづけた。ゲート前の報道陣に萎縮《いしゅく》しがちになる。

彩花が警備員に学生証をしめし、李奈に顎《あご》をしゃくった。小さな声で話しかける。

「あのう。彼女が植松先生のいってた……」

警備員は渚の学生証も確認すると、李奈にはなにもいわず、ただ視線を逸《そ》らした。さっさと入れ、そんな態度をしめしている。

李奈はびくつきながらも、彩花や渚とともにゲートを通過した。ついに駿望大学のキャンパスに足を踏みいれた。

大学生ばかりがタイル張りの広場を行き交う。三人は建物のエントランスに向かった。李奈はつぶやいた。「まさか本当に入れるなんて」

彩花が苦笑ぎみに耳打ちしてきた。「大学も人の集まりでしかありません。植松先生は准教授だし、警備にひとこと告げれば、例外も認められます」

「でも部外者のわたしを招いたりして……」

「杉浦先生は小説家じゃないですか。日本文学研究が専門の植松先生が、杉浦先生と話したがってるんです。キャンパス内に招待するのも、おかしいことじゃありません」

エントランスを入った。広いロビーが学生でごったがえしている。雰囲気は昼休みを迎えた総合オフィスビルのようだ。エレベーターホールがあったが、彩花と渚は階段を上りだした。李奈はそれにつづいた。

二階の廊下は一転して静まりかえっている。閑散としたフロアを三人で歩いていった。

ほどなくドアを入る。そこは高校と同じような印象の小教室だった。いまはほかに誰もいない。彩花がいった。「もちろん学長も教授会もあずかり知らないことです。だから他言無用って釘《くぎ》を刺されてますけど」

李奈は緊張した。「やっぱ不法侵入にならない……?」

「ここにいてください。植松先生を呼んできます」

「あのう。准教授の植松さんってかたが、わたしになにを……」

「マスコミにきかれないよう、ふたりきりで話したいことがあるそうです。詳しくは先生本人に質問してください。ほかの誰かがきたら隠れてくださいね」

「え? あの、関根さん。ちょっと」

戸惑う李奈を教室内に残し、彩花は足ばやに廊下にでていった。鳥居渚はその場に居残った。

李奈はそわそわしながらうろついた。窓辺に近づくのも怖い。かといって誰も現れないうちから、教卓の陰に身を潜めるのは、いかにも後ろめたい。

ふと渚がささやいた。「杉浦先生」

「はい?」李奈は驚いた。いつも黙っている渚が呼びかけてくるとは、まるで予想していなかった。

「たいへんですね」渚は無表情にたたずんでいた。「嶋貫克樹さんまで……」

「ええ。不幸なことばかり……」

「岩崎先生、みんなに尊敬されてますよね」

李奈はうなずいた。「素晴らしい人なのはたしか。誰からも慕われてる」

「……そうですか？」渚の目のいろがかすかに変化した。「わたしみたいな例外もいます」

鈍い驚きの感情がじわりとひろがる。李奈は渚を見つめた。「例外って？」

「岩崎先生を嫌いなわけじゃありません。でも尊敬できるかといえば……。理不尽に怒って怖いところもあったし」

「たとえば？」

渚はためらいがちにカバンを開け、数枚綴りの書類をとりだした。「これ、わたしが以前に提出した小論文です」

李奈は書類を受けとった。井上靖《いのうえやすし》の著作にみるフェイク制作の心理。それが小論文の題名だった。「読んでいいの？」

「はい。ぜひ」

表紙をめくったとたん面食らう。文章のほとんどに朱字の訂正が入っていた。打ち消し線の引かれた箇所も多い。二枚目以降になると、大きく×印が書きこまれ、段落ごと否定された部分が目につく。疑問点の指摘箇所は膨大だった。文字数はもとの小論文を超えているかもしれない。

几帳面《きちょうめん》な筆跡から、朱字を誰が書いたかは明白だった。李奈はきいた。「岩崎先生の直し？」

「そうです……」

小論文は井上靖の『ある偽作家の生涯』を主題にしていた。昭和二十六年、新聞記者から専業作家に転職したばかりの井上が『新潮』に発表した中編だった。日本画の〝偽作家〟の実像を、一人称の新聞記者が追い、さまざまな人物から証言を得る。やがて意外な真相が浮かびあがってくる。

読み進めるうち、渚がどんなことに不満を抱いているか、徐々にわかってきた。李奈は思わず首をかしげた。「この岩崎先生の指摘は、わたしも理不尽に感じる」

「ほんとですか」渚は真顔のままだったが、にわかに目が輝きだした。

「真実を客観的に記すため、多面的なものの見方を導入しようと、井上はこの構成を採用した……。あなたはそう書いてるけど、岩崎先生はそれを否定し、私小説の責任放棄で禁じ手だといってる。でも井上は、世の真実を認識しうる唯一の方法と主張してたし、事実としてこの小説の読みどころになってる」

「そうなんです！　文芸評論家の福田宏年《ふくだひろとし》が点綴《てんてつ》形式と呼んだ構成法です」

「偽作家の芳泉《ほうせん》について、妻が〝別に悪人じゃあなかったが、不仕合わせ〟と嘆く第四幕は、第三幕で村人からきいた芳泉像あればこそ、主題として強調される。これもあなたの意見が正しい。岩崎先生は第三幕の流れを受けるのが、第五幕だと書いてるけど、そんなのは同じ村が舞台になってるだけでしょう」

「ですよね？　第五幕は芳泉を孤高の花火職人と強調するためにあって、いわば第四幕の補足です。主題がふたたび表れるのは、むしろ締めくくりの第六幕です」

「芳泉が大貫桂岳《おおぬきけいがく》の贋作《がんさく》を手がけたのは、桂岳との勝負の証《あかし》であり、芳泉が自我を確認しうる唯一のすべだった。……あなたの結論は素晴らしく的を射てる。なのに岩崎先生は、自我の確認じゃなく自己実現だと修正を加えてる」

「変ですよ。意味がまったくちがってきます。芳泉と桂岳はかつて親友どうしの間柄だったんです。天才との衝突の結果、芳泉は敗北者のレッテルを貼られただけです。桂岳を羨《うらや》ましがってた人生でもない」

贋作者に憐《あわ》れみを持たず、否定し断罪する姿勢。芥川が盗作したときめつけた、あの対談での岩崎を思い起こさせる。のみならず主題と構成の捉《とら》え方について、岩崎は勘ちがいしているように思える。日本文学研究の第一人者の目には、作品のもっと深い部分が見えているのか。いや。『ある偽作家の生涯』に関しては、鳥居渚の見方のほうが正しい。

朱字の入れ方にも疑問をおぼえる。指摘の仕方が辛辣《しんらつ》すぎる。なにもかも頭ごなしに否定しすぎだ。まるでパワハラだった。これが愛の鞭《むち》だというのなら、おおいに誤解を呼ぶ書きようといえる。

李奈は小論文を渚にかえした。「Z級ラノベ作家の意見じゃ頼りないだろうけど、わたしは全面的にあなたを支持する」

渚は笑った。初めて見せた笑顔だった。声を弾ませながら渚がいった。「わたしは杉浦先生を信じます。『トウモロコシの粒は偶数』も堅実で真面目な作品でした」

「……ありがとう。あのう、鳥居さん」

「なんですか」

「喫茶ドロテではほとんど話さなかったから、あなたの意見をまだきいてない。岩崎さんの小説二作、鳥居さんはどう思った?」

「『エレメンタリー・ドクトリン』は、単なるつまらない小説です」渚の顔には、まだ笑いが留《とど》まっていた。『黎明に至りし暁暗』は、たしかに岩崎先生の作品です。講義の内容がそのまま反映された小説ですから。ただし小手先だけです」

「小手先？」李奈はきいた。

「あの作品には、岩崎先生の心情がこめられているように思えるでしょうけど、絶対にちがいます。岩崎先生があんな考えの持ち主のはずがありません。もっと冷酷で、共感性に乏しい人です」

「……小論文を否定されたから、そう感じるのも無理ないけど、感動的な作品には、書き手の偽らざる思いが見え隠れするものでしょう」

「うわべだけです。だから小手先だというんです」渚の瞳孔《どうこう》が開きだした。「正直な話、岩崎先生がいなくなって嬉《うれ》しい。わたしだけじゃないはず」

李奈は言葉を失った。渚の笑顔は極度に引きつっている。なんとなく不気味に思えてきた。思わず後ずさりたくなるほどだった。

岩崎翔吾には誤解を生じやすい側面があったのか。文学研究にも独自の考えを持ち、それを頑《かたく》なに信じ、人に押しつけたがる。そんな性格の問題点が、徐々に浮き彫りになってきた、そう感じられてならない。

彩花がドアを入ってきた。「おまたせしました。准教授の植松先生です」

つづいて現れたのは、六十近い白髪頭の男性だった。スーツはややくたびれているが、背筋はまっすぐに伸び、歩調もやたら速かった。みるみるうちに近づいてくる。

「植松先生」彩花が紹介した。「こちら杉浦李奈先生」

「どうも」植松はおじぎをすると、声をひそめていった。「お呼びたてしてしまい、本当に申しわけありません」

「いえ……。どんなご用件でしょうか」

「ふたりきりで話したいので……」

彩花が戸口に向かいだした。「わたしたちは外でまってます」

渚もそれに倣った。さっきの会話で満足したのか、渚はまだ薄ら笑いを浮かべながら一礼した。ふたりが廊下にでていき、ドアは閉じられた。

植松が学生用の椅子を引いた。「座りませんか」

「ありがとうございます」李奈は椅子に腰かけた。

椅子をこちらに向け、植松は李奈と向かい合わせに座った。「じつは至《し》高《こう》社の『週刊最報』が取材を申しこんできて、困っていたのです。そこでゼミの学生に、誰か出版関係者を知らないかときいたら、杉浦李奈先生の名が挙がって」

「至高社ですか？　直接仕事をしたことはありませんが……」

「それでもコンタクトできますか」

「ええ。知り合いをたどれば、週刊誌の編集部にアプローチできるかもしれません」

「ではお願いできますか。こちらとしては取材をお断りすると同時に、先方に申しいれておきたいことがあるんです」

「なんですか」

「岩崎翔吾君の件を記事にしたいのはわかるが、ゼミで起きた過去の醜聞まで暴くのはやりすぎです」

「……どういうことでしょうか」

植松が身を乗りだした。「じつは何年も前、岩崎君のゼミの学生に、小説家志望がいましてね。男子学生だったが、盗作騒動を起こしたことがある」

李奈は驚いた。「盗作……」

「その男子学生は『小説紅玉』の紅玉《こうぎょく》新人文学賞に応募し、最終選考まで残ったんです。『魂の喪失』という長編でした。選考委員により大賞に選ばれ、いよいよ発表となる寸前、九割がたが既存の小説そのものだとわかった」

「紅玉新人文学賞ですか。あそこは手書きの原稿用紙のみ受け付けるきまりですよね」

「そう。だから住所氏名だけでなく、筆跡からも、その男子学生本人の書いた作品だと確認できた」

「どんな作品の盗作だったんですか」

「辻邦生《つじくにお》の『夏の砦』です。内容も文章も、ほとんどそっくりそのままでした」

なんと辻邦生か。むろんけっして無名ではないが、ずいぶん渋いところを狙ってくる。味わい深い文体が特徴的な、知る人ぞ知る作家だ。『夏の砦』は辻の長編二作目、初期の傑作に数えられる。

李奈は疑問を呈した。「選考委員の誰も『夏の砦』を知らなかったんですか」

「よくあることです。有城達二の『殉教秘聞』でも、西村みゆきの『針のない時計』でも、選考委員は不勉強だったと陳謝している。この世のすべての文学を把握するなんて、誰にもできやしません」

「九割がた同じだったとおっしゃいましたが……」

植松がうなずいた。「『夏の砦』はとにかく文章が美しい。男子学生もそこに魅せられたんでしょう。表現をほとんど変えていなかった。冬子《ふゆこ》という主人公の名すらそのままでした。でも部分的に換言してあるところも多くて、なんともこざかしい」

「その男子学生と、植松先生はお知り合いでしたか」

「いや。じつは名前すらも知りません」

「ご存じない……？」

「盗作の発覚後、紅玉新人文学賞を主催する桜樺社《おうか》から、うちの大学に問い合わせがあった。応募時に添えてあった男子学生の略歴に、駿望大学文学部在学中と書いてあったからです。私はのちに騒動を伝えきいただけで、まるで関知していなかったんです」

「でも岩崎さんのゼミの学生だったわけですか」

「そうなんです。当初は岩崎君も、そんなことがあるはずがないと反発した。ところが筆跡により、男子学生の原稿にまちがいないとわかると、今度は弁護にまわった。辻邦生のような美しい文章を、みな書きたいと思う。魔が差すことは誰にでもあるといったんです。このやりとりが当時の『小説紅玉』に載りまして」

「それを『週刊最報』が再掲するかもしれないと？」

「かもしれないではなく、その岩崎君の発言をこそ、記事の見出しにするつもりでしょう」

岩崎翔吾の盗作騒動が拡大し、二件の不審死が発生した。いまなら岩崎の過去の発言もホットな記事になりうる。週刊誌記者なら見逃すはずもない。

植松が居住まいを正した。「杉浦先生。『週刊最報』の記者に伝えていただけませんか。取材は受けられない。岩崎君が男子学生の盗作をかばったのは、彼個人のおこなったことであり、大学は無関係であると」

「……大学から声明をだされたほうがよくないですか？」

「とんでもない！」植松は額に青筋を浮きあがらせた。「声明を報じられるのも迷惑なんです。大学はこの件に関しノーコメントを貫きたい。だから信頼の置ける第三者を介し、編集部に伝えたいのです」

「わたし以外に、もっと権限のあるどなたかが……」

植松は首を横に振った。「トップダウンで押さえつけようとすれば、編集部も反発するでしょう。かえって記者魂に火がつくかもしれない。あなたが個人レベルで記者を説き伏せて下さると、本当に助かるのです。どうかお願いします。杉浦先生だけが頼りです」

深々と頭をさげる植松の向こう、わずかに開いたドアに、彩花と渚の顔がのぞいている。ふたりともあきれた表情を浮かべていた。同感だと李奈は目で返事した。准教授の話に耳を傾けてみれば、結局は大学の保身を図りたい、ただそれだけでしかなかった。

27

李奈はKADOKAWAの菊池に頼み、至高社の『週刊最報』編集部に連絡してもらった。

報道により杉浦李奈の名は、岩崎翔吾の遺体の第一発見者、しかも彼を取材中だった小説家として知られている。『週刊最報』編集部からは、すぐに反応があった。担当の菅谷《すがや》という記者が会ってくれるという。

メールで何度かやりとりした。駿望大学の近くで会うことになったとき、なんと菅谷のほうから喫茶ドロテを指定してきた。ゼミの学生のたまり場だと知っているようだ。薄気味悪さを感じつつ、李奈は約束の午前十一時、喫茶ドロテに向かった。

ほかに客はいなかった。テーブル席に菅谷ひとりがまっていた。黒縁眼鏡に顎鬚《あごひげ》、痩《や》せた身体に麻のジャケットを羽織る。年齢は四十前後だった。李奈は名刺を交換し、菅谷と向き合った。

菅谷が曖昧《あいまい》な微笑を浮かべた。「あなたに会えるなんて予期せぬ幸運です。取材をいっさい拒んでいたでしょう? 話がきけると報告したら、うちの編集長も喜んでました」

李奈は内心げんなりしながら応じた。「菅谷さんがご存じのことも教えていただけるんですよね?」

菅谷はにやりと笑った。「慣れてきてますね」

「……なにがですか」

「私たち記者も、よくギブアンドテイクを持ちかけます。あなたはこのところの面倒な状況に揉《も》まれ、肝が据わってきてる。若いのに人を怖がってない。私も以前は文芸畑にいたからわかるんです。社会人として成長してますね。最近の小説家にはめずらしく」

ただ薄汚れただけでしかない。秋山颯人ならそういうだろう。李奈は笑わなかった。

「紅玉新人文学賞の盗作騒動ですが、本当に『夏の砦』にそっくりだったんですか」

菅谷が大判の封筒をとりだした。「桜樺社さんから応募原稿を借りてきました。不正の証拠ってことで、返却せず編集部に保管していたそうで」

テーブルの上に原稿用紙の束が置かれた。手書きだった。表紙に『魂の喪失』とある。著者名を見た瞬間、李奈は肝を冷やした。

河村昌哉……?

思わず壁に目が向く。ゼミの学生らの集合写真。色白で華奢《きゃしゃ》な青年。岩崎翔吾に寄り添い、明るい表情をのぞかせる。目鼻立ちが父親にうりふたつだった。

河村店長がトレーに載せたコーヒーカップを運んできた。テーブルに目を落とし、原稿用紙を一瞥《いちべつ》する。特に感慨もなさそうな顔でいった。「前にも見たよ。息子の字にまちがいない」

李奈は唖然《あぜん》とした。「この原稿、昌哉さんがお書きになったんですか」

コーヒーカップをふたつ置くと、河村店長は身体を起こした。「俺は小説なんてまるでわからないし、昌哉が応募してたなんて知らなかった。桜樺社ってとこの人から電話が入ったときは、さすがに耳を疑ったね。でも後日、岩崎先生が店に飛んできた」

「……この原稿をご覧になるまで、受けいれられなかったでしょうね」

「ああ。だがここに桜樺社の人たちもきた。原稿と、『夏の扉』だったか、もとになった小説も持参してたよ」

「『夏の砦』……」

「そっか、『夏の砦』か」河村店長は神妙な顔のままだった。「岩崎先生は青ざめてた。俺も生きた心地がしなかった」

「昌哉さんと連絡はついたんですか」

「ここに呼びつけた。俺と岩崎先生の顔を見て、おぼろに察したらしい。でも原稿を鼻先に突きつけても、あいつは盗作を認めようとしなかった」

菅谷がテーブルに目を落とした。「きょうここに来るにあたり、幸司《こうじ》さんに了解をとったんです。息子さんの件で、杉浦李奈さんと会うので、お店にうかがってもいいですかって」

幸司というのは河村店長のことだろう。菅谷は盗作した学生の父親を突きとめていた。李奈とともに河村店長の話もきくつもりだった。だから喫茶ドロテをインタビューの場所に指定してきた。

河村店長がつづけた。「俺は昌哉を問い詰めた。岩崎先生がとめるのもきかず、息子に怒鳴り散らした。なんでこんな泥棒猫みたいな真似をしやがったって叱り飛ばした。昌哉はそれでもまだ、自分の書いた小説だと言い張ってた。そのあと……」

沈黙が生じた。李奈は河村店長を見つめた。「なんですか?」

「……昌哉の具合が突然おかしくなった。血の気が引いてな。過呼吸みたいに、ぜいぜいと苦しげに息をしだした」

李奈は衝撃を受けた。「まさか……」

「急性心不全」河村店長はため息をついた。「あいつは生来病弱だった。あっけないもんだ。どうすることもできなかった」

菅谷がつぶやきを漏らすようにいった。「岩崎さんは桜樺社の社員に食ってかかったそうです。こんな素晴らしい文章なら、みんな書きたいと思う。魔が差すことは誰にでもある。涙ながらにそううったえたとか」

河村店長がうなずいた。哀感に満ちたまなざしが虚空をさまよう。「事実だよ。岩崎先生は昌哉を庇《かば》おうとして、そんなことを口走った。それに引き替え俺は、昌哉を責めるだけ責めて死なせちまった」

冷ややかな憂いが寂寥《せきりょう》となり、李奈のなかにひろがっていった。

岩崎の言葉はたんなる擁護ではなかった。教え子の死を不名誉に終わらせたくない、その一心だったにちがいない。

ゼミの学生たちの写真を眺める。李奈はどうしても河村店長に問いかけたくなった。「みんなはそのことを……」

「いや」河村店長がぼそりと応じた。「岩崎先生が秘密にしてくれたからな。同期も後輩も、誰も知りゃしない。昌哉がなぜ死んだかを」

菅谷がささやいた。「岩崎翔吾さんが必死にうったえた結果、盗作騒ぎは『小説紅玉』誌上で触れられているていどに留《とど》まったんです。盗作した学生よりも、彼を庇う大学講師の言動を問題視する、当時の編集者によるコラムが載っただけで」

李奈は菅谷を見つめた。「選考委員はどうやって盗作に気づいたんですか」

「選考委員長が肺かなにかの手術で入院してたのが、大賞決定の直後に退院した。そして作品を読むなり指摘した。これは辻邦生の『夏の砦』じゃないかって」

「どなたが選考委員長をお務めだったんですか」

「ええと。たしか駒園雅陵さんだったと思う」

李奈はまた驚いた。純文学界の重鎮、駒園雅陵。岩崎が書きかけの二作目について助言を求めた人物。駒園は過去に選考委員長として、岩崎の教え子による盗作を見抜いていた。

河村店長はトレーを小脇に抱えた。「岩崎先生は指導不足を俺に詫《わ》びた。俺は恐縮するしかなかった。どう考えても岩崎先生のせいじゃないからな」

それだけいうと河村店長はカウンターへと立ち去った。感情を押し殺すように、無表情で食器洗いに従事し始める。李奈はしばらくその姿を眺めていた。河村店長が見かえすことはなかった。

岩崎翔吾と河村店長のあいだには、知られざる友情があった。いまでもゼミの学生らを温かく店に迎えるのは、それが理由なのだろう。

やはり岩崎は教え子のため親身になる、情に厚い人物だった。ふと鳥居渚の言動が脳裏をよぎる。熱心さがなんらかの理由で、ねじ曲がって伝わることもあるのかもしれない。誤解を生むとしたらどんな状況が考えられるか。小論文への過剰な朱字の指摘もそのひとつだ。ほかには……。

菅谷がさばさばした態度に転じた。「今度はそっちの番ですよ。私の取材に応じてください。岩崎翔吾と嶋貫克樹の連続死について、なにかご存じのことは？」

「なにも」李奈は視線を逸《そ》らした。「質問への受け答えは以上です。もう帰っていいですか」

28

李奈は総武線千葉行と京成線《けいせい》を乗り継ぎ、京成臼井《うすい》駅で下車した。バスで移動すること五分、染井野《そめいの》という高級住宅街がある。街並みは綺麗《きれい》で、どの家も大きく立派だった。駒園雅陵の邸宅はその一角にあった。

ＫＡＤＯＫＡＷＡの菊池から話が伝わっていたこともあり、駒園雅陵との面会はあっさり実現した。通された書斎はきちんと片付いていて、高価そうな壺《つぼ》や掛け軸に彩られていた。和洋折衷の部屋で、床の間があると同時に、接客用ソファが据えてある。かすかに煙草のにおいが漂っていた。テーブルにも灰皿が置かれている。

七十三歳になる駒園は、禿《は》げあがった額に老眼鏡、和服姿と絵に描いたような小説家の外見そのものだった。客を迎えるにあたり、わざとそんな装いにしたわけではなさそうだ。裾捌《すそさば》きが自然で優雅、ふだんから着慣れているとわかる。

向かいのソファに身を埋《うず》めると、駒園が真顔でこぼした。「KADOKAWAの菊池君は、やたら私を接待したがる。書いてほしいからだろうが、きょうもその接待の延長線上かと疑っていた。あなたに会って、いっそう疑わしくなった」

李奈はどきっとした。「なぜですか……?」

「小説家といいながら、若い美人を寄越してきた」

口もとを歪《ゆが》めもしない駒園の顔を、李奈は黙って見かえした。しだいにいまの発言が、挨拶《あいさつ》を兼ねたジョークだとわかってきた。笑いもしないのは、とぼけた表情のつもりだろう。

李奈はつきあいで笑いながらも、大御所に釘《くぎ》を刺した。「セクハラになるかもしれません」

「そりゃまずいな。迂闊《うかつ》だった。妻にもしょっちゅうたしなめられてる。すまん。忘れてくれ」

書棚の一冊が目にとまった。李奈はいった。「松田解子《まつだときこ》さんの著作をお持ちなのに」

「ほう。松田解子をご存じか。いや、たしかにそうだ。もういちど彼女の本を読みかえして学び直さないとな。プロレタリア文学は好きかな？」

「白樺《しらかば》派のほうが……」

「ああ！　きみはその歳で読書家だな。そうとも。あれは構えて読むようなものじゃない。同じ切り口なら白樺派のほうが、真剣に読むに値する。プロレタリア文学は恐怖小説であり、冒険小説であり、官能小説でもあり……と、それをいうとまたセクハラになるな」

純文学界の重鎮という、真面目で気難しそうな作家像は、すでに揺らぎだしている。あるいはおおらかな気質というべきだろうか。李奈は切りだした。「第十二回紅玉新人文学賞のことですが……」

「何年か前の騒動だな。よくおぼえている。大学生が『夏の砦』の盗作で大賞を獲《と》ろうとしていた。私は激怒したよ。編集者も腹を立てていた。大学講師がむきになって抗弁してきたと憤慨していたな。ただしその講師が何者かは知らなかった」

「ご存じなかったんですか」

「今回、菊池君から伝えられるまでは。あのときの講師が岩崎翔吾だったと知り、心底驚いた。しかしいかにも彼らしい」

「彼らしいというのは……」

「つい本音がでたんだろう。岩崎翔吾は文学の模倣に関し寛容というか、もともと真似ることを是とする性格だったのだと思う」

岩崎に電話で相談を受け、メールで助言する。駒園はそんな仲にあったはずだが、ずいぶん情け容赦のない言い方をする。李奈は駒園に問いかけた。「すると岩崎さんが盗作したのも事実だとお考えですか」

「脅迫を受けていたとか、そのへんの事情は知らんが、盗作の必要に迫られたとき、彼のなかに抵抗はあまりなかったんじゃないのか」

「抵抗がない?」

「故人のことを悪くいうつもりはないが、独創性にこだわりがなかったんだろう。私たち職業作家とは、ややずれた感性の持ち主だったのではないかな。学生たちが心配だよ。悪い影響をあたえてるんじゃないかと」

「とおっしゃると……」

「きけば岩崎翔吾のゼミの学生で、作家を志したのはひとりぐらいしかいなかったそうだ。しかもそのひとりは『夏の砦』を盗作し、新人文学賞に応募した男子学生だった。文学研究を教えていて、そんな結果に終わった」

李奈は思いのままにたずねた。「偏見じゃないでしょうか」

「そうかね?」

「学生さんによって、岩崎さんほど親身になってくれる講師はいないという人、じつは辛辣《しんらつ》で冷たかったという人、評価はさまざまです。熱心な半面、誤解を生みがちな人だった可能性もあります」

「きみは私の意見をききにきたんじゃないのかね?」

「……失礼しました。おっしゃるとおりです。なので偏見はないのかと、もういちどおたずねしました」

駒園は口を固く結び、じっと李奈を見つめていた。ふいに駒園は声をあげて笑った。「きみは内気ときいていたが、全然そんなことはないな。かの吉村昭《よしむらあきら》を思いださせる」

李奈は妙に思った。「歴史小説の……?」

「それは『戦艦武蔵』を著してからだ。初期の彼は、目に映るものを繊細に描写する、そんな短編小説が得意だった。よく死を題材にしていた。『星への旅』をご存じか」

「太宰治賞の受賞作ですね。短編集はどれも重い作品ばかりでした」

「そう。彼は私小説に始まり、そこから広く世間に目を向けるようになった。内に籠《こ》もるばかりでは、あんなスケールの大きな作品は書けない。人と心を通わすことで、取材の仕方を心得ていった。きみもそんな素質に目覚めたんだろう」

「わたしがですか？」李奈は首を横に振った。「とてもそんなふうには……」

「なぜ否定する？　なにがきっかけで小説家を志した？」

「……書くことで癒《い》やされたからです。岩崎さんの持論では、両親の愛情に飢えているせいで、集団欲求を承認欲求で補おうとしたとか」

駒園は微笑した。「そんなものはきっかけにすぎんよ。恋愛でいえば、たんなる最初の出会いだ。男女が結びつくまでのいきさつなんて、どうだろうとかまわんだろう？　問題はふたりがどうつきあっていくかだ。小説家と作品の関係も同じだ」

とらえどころのない物言いに感じられる。李奈はきいた。「どういう意味でしょうか」

「自分を深く見つめるのが私小説だと、誰もがいちどは思う。たしかに自分をよく知るのは自分自身だ。しかしその視点では、自分の知りうる人間の代表格は自分に留《とど》まる。広い視野は持てない。人はひとりでは生きられない、その客観的事実を見失いがちになる。その先には絶望しかない」

「……自殺ですか？」

「そう単純ではないよ。いいかね。芥川はヨーロッパ文学のような構成を自分のものにしていた。独白の文体や、記録文書めいた記述、教義問答、書簡体。多彩さと現実重視、人間性。一方で太宰の独特の語り口は、読む者と社会を結びつける手がかりに満ちている。どちらも広い視野を持たなければ可能にならなかった」

「内に閉じこもっていたわけではないということですか」

「その通りだ。杉浦君、書くことが自分のためだけだなんて、そんな狭い視野に終始するな。きみはもう殻を抜けだしている。取材が世にでるきっかけをあたえたんだろう。本物の私小説は、自分以外の人々と触れあわねば書けない。芥川も太宰も孤独な作家ではなかった。マズローの欲求五段階説で括《くく》れるほど単純ではない」

李奈は駒園を見つめた。駒園の深遠なまなざしが見かえす。

対談の記事を読んだのだろう。そのうえで李奈のなかにある悩みを、駒園は正確に見抜き、望みどおりの解答をくれた。

小説家は集団欲求の欠如を、承認欲求で補おうとしているだけなのか。駒園はちがうといった。

心の緩みとともに淡い憂愁が生じ、胸にこみあげてくる。李奈はひとつの質問を口にした。「小説家として成長できるでしょうか」

「きみの成長はもう始まっている。実存の世界に触れてこそ、創造の世界が構築できる。これからきみにとっての小説執筆は、現実逃避などではなくなる。本物の芸術はその先にある。小手先だけでは創造のしようがない」

小手先。前にもどこかできいた。そうだ、鳥居渚の言葉だ。彼女は岩崎翔吾の『黎明に至りし暁暗』を評していった。小手先だと。

濃霧がわずかに薄らぎ、見えていなかったものが目に映りだした。まだ曖昧《あいまい》としているが、そんな感覚がある。ひとつの考えにとらわれすぎていたのかもしれない。

視野は広げるべきだ、それも際限なく。だからこそ現実を把握できる。点綴《てんてつ》形式のようなものだ。あれは私小説への裏切りではない。

駒園が腰を浮かせ、A4用紙の束を手にとった。「そうだ、これをきみにやろう。私の次回作だが、もうゲラになっとるから、プリントアウトした物は不要だ」

プリンターで印字された原稿。丸ごと新作の長編小説だった。李奈は恐縮しながらいった。「もらえません……。これほど大事なお原稿を」

「いいんだ。帰りの電車で目を通してくれないか。感想をきかせてほしい」

李奈は文面を眺めた。駒園雅陵らしい詩的な散文体が目を引く。描写が情緒にあふれていた。活字に吸いこまれるようだ。

一方でどうしてもたずねたくなる。李奈は机に目を向けた。「パソコンをお使いですか」

「ああ」駒園は机に近づいた。引き出しを開け、ノートパソコンをとりだす。わりと年季が入っていた。「これだ。親指シフトのころからワープロの愛用者だった。手書き入稿じゃ編集者が気の毒でな。中年から始めても余裕で馴染《なじ》めた」

「……壊れたとおききしましたが」

駒園は李奈を振りかえった。しばし無表情だったが、やがて笑いだした。「菊池君がそういったんだな。冗談を真に受けるとは」

「本当じゃなかったんですか」

「当分書くつもりはないとの意思表示から、そのように伝えたんだがね」

「でも菊池さんは、駒園さんの息子さんにおたずねしたら、ノートパソコンをドリルで破壊したと……」

「それも冗談だ。ほかならぬ息子こそ、私にあまり仕事をさせたがっていないからな。肺がまた悪くなったらどうするんだという。執筆中はヘビースモーカーになるからだ」

「このお部屋、かすかに煙草のにおいが……」

駒園は李奈の手もとを指さした。「それを書いているうちに、とうとう我慢できなくなってな。気づけば吸っていた。鳳雛社から依頼されて、今年はその一篇だけを仕上げた。しばらく書かないといったら、息子も納得してくれた」

鳳雛社。『黎明に至りし暁暗』の版元だ。李奈は駒園を見つめた。「パソコンが壊れていないのなら、岩崎さんの幻の二作目は、まだお持ちですか」

「幻の二作目？」

「まったく異なる主題の作品に挑戦すべきだと、駒園さんが助言なさった……」

「あれか。いや、もう削除してしまったよ。他人の原稿をいつまでも保存しておいて、盗作の疑いをかけられたくないからな」

駒園は苦笑に似た笑いを浮かべた。李奈はなにもいえなかった。ブラックジョークのつもりかもしれないが、こちらとしてはただ反応に困る。

戸惑いとともに視線が手もとに落ちる。ふと注意を引かれた。第四章、そう書かれたあとは空欄が数行つづき、その先は第五章になっている。空欄には本文とは無関係の記述があった。

※奈々未《ななみ》の回想1

李奈はきいた。「これはなんですか？」

「どれ」駒園が原稿をのぞきこんだ。「ああ。脱稿より何日か前にプリントアウトしたからな。まだその段階の原稿だったか」

「未完成の作品なんですか」

「すまない。だが最終章まで書き上がっているから、読むにはほぼ支障がないだろう。いつも枝葉の部分は後まわしにしていてね」

なにか得体の知れない感覚にとらわれる。李奈は驚きを口にした。「駒園さんが章飛ばしを……」

「そんな顔をしないでくれ。誰でもやることだよ。本筋から外れた部分は、とりあえず抜かしておいて、あとで書けばいい。あるていど書き進んだのち、※印を検索すれば、抜かしておいた章の位置も見つけやすい」

「ラノベ作家だけがやる荒業だと思ってました……」

「とんでもない。ワープロを使うようになって以降、作家はみんなこうしとるよ。特に回想の章となると、気持ちが切り替えにくいんでな。後日まとめて書いたほうが楽だ」

「岩崎さんは最初から最後まで、順に書くとおっしゃいましたが」

「そんなもん私だって、きかれればそう答えるよ」

「……それはどういう意味ですか」

「最初から最後まで、きちんと物語を追って書いたというほうが、小説家として格好がつくからな。回想はあとでまとめて書いて、ところどころに挿入しましたというより、高度な執筆に受けとられる」

「駒園さんがそんな見栄《みえ》を……」

「頼むから、そうがっかりした顔をしないでくれるか。心をこめて執筆しているのは本当だよ。ただ映画も、脚本のシーン順に撮影したりはせんだろう。効率重視も多少は許されるんじゃないかね」

そうだったのか。重鎮による書き方も、李奈とそう変わらなかった。またひとつ幻想が消えていく。出版界のからくりを目にするたび、どうしても気持ちが萎《な》えしぼむ。

※印を眺めるうち、妙な気分にとらわれだした。ふしぎな感触が胸のなかを通り抜けていく。
はっとした瞬間、痙攣《けいれん》が生じた。稲妻に打たれたかのようだった。夢野久作《ゆめのきゅうさく》が書いた、心臓と呼吸が同時にとまる感覚とは、まさにこれかもしれない。

三日。たったの三日、脱稿までの時間差。どちらも最終章を最後に書いたと、なぜ信じていたのだろう。熟考するまでもない。順を追って書く、岩崎翔吾がそのように主張したからだ。それが事実だという証《あかし》はどこにある。純文学界の重鎮、駒園雅陵までが、効率重視を告白したというのに。

たちどころにあきらかになるものがあった。暗がりに光が射した。だがそれにより浮かびあがる世界は醜悪だった。けっして直視を望みうるものではなかった。

夢遊のような気分とともに、李奈は腰を浮かせた。

駒園が眉《まゆ》をひそめた。「どうかしたのかね」

「失礼します」李奈は頭をさげた。「本当に申しわけありません。用事を思いだしました。どうしても放置できないことなので」

じっとしていられない。李奈はもういちどおじぎをし、ドアに駆け寄った。豪邸の長い廊下を足ばやに突き進んだ。

自分の殻に閉じこもっていれば、なにも目にせずに終わる。しかし李奈はノンフィクション本の執筆を依頼された。いつしか視野も拡大した。金子みすゞが綴《つづ》ったのとは別の意味で、見えないものがそこにある。

## 29

国会図書館での調べものは終わった。神田署でも情報を得られた。陽が傾きかけている。李奈はぶらりと喫茶ドロテに立ち寄った。

時間が早いせいか、学生はひとりもいない。客もおらず閑古鳥が鳴いている。いつものことだと河村店長は笑った。李奈はテーブル席でなく、カウンター席に座った。

河村店長はアイスカフェオレを差しだしながらいった。「めずらしいね。きょうはカウンターかい？」

「ほかに誰もいないから、ここのほうが喋《しゃべ》りやすいかと思いまして」

「話し相手になってくれるのか。昌哉に感謝しなきゃならねえな。小説家の先生が俺なんか気にかけてくれるなんて」

「自殺だったんですね」

店内に沈黙がひろがった。FMラジオから流れる音楽だけが厳かに耳に届く。そんなBGMの存在も初めて意識した。

カウンターのなかで河村店長が棚に向き直った。アンプのボリュームを下げる。音楽はほとんどきこえなくなった。

「なんだって？」河村店長がたずねた。

「昌哉さんです。急性心不全じゃなかった」

河村店長は空虚な笑いを浮かべた。グラスを手にとり拭《ふ》き始める。「誰がそんなことを……」

「警察にきいたら、すぐに教えてくれました」

死因は偽れない。警察から遺体が帰ってくるまで数日かかるが、その後はふつうに葬儀の運びとなる。遺族が自殺を伏せるケースはよくあるという。調べればわかることであっても、病気による急死と弔問客には伝える。たいてい深く詮索《せんさく》はされない。

グラスを拭き終わると、河村店長がため息まじりにきいた。「調べたのかい。それも取材の一環？」

「申しわけありません……」

「いや。事実だから仕方ない。そりゃ警察にききゃわかることだよな。葬儀屋に相談したら、エンバーミングってやつを勧められてね。十五万円ぐらいだったか。葬式のときには棺《ひつぎ》を開けて、綺麗《きれい》な顔を見せられた」

自殺者の遺体はエンバーミングにより修復できる。そのうえで死因を急性心不全とし、葬儀を執りおこなう。じつは世間に多くある。病院や警察、近親者は事実を知っている。だが事件性なしと判断されれば、それ以上は広まらない。河村昌哉の場合もそうだった。

京都における岩崎翔吾の不審死は、かつての教え子の自殺とは、特に結びつけられなかった。李奈が神田署で質問するまで、河村昌哉の死は、捜査員も意識せずにいたようだ。

李奈はアイスカフェオレを眺めた。「きょう国会図書館に行ってきました」

「ふうん。国会図書館って、皇居のそばだっけ？」

「雑誌のバックナンバーなら、なんでも閲覧できます。読みました。五年前の『月刊小説クスノキ』六月号」

「すまない。もうちょっとまってな。彩花ちゃんたちも大学から帰ってくるだろ。俺じゃ小説談義の相手になれねえ」

「芥川賞の選考委員だった川端康成に、『逆行』を酷評された太宰は、エッセイで憎悪のかぎりをぶつけた。事実でしょうか」

河村店長の顔いろは変わらなかった。李奈に視線を向けず、新たなグラスを手にとり、布巾《ふきん》で拭きだした。「短絡的すぎるよ。文学の既成概念を打ち崩す傑作を、次々と生みだした川端に、太宰は共感してた。だから川端が『逆行』を理解してくれると信じた。なのに否定された。裏切られたと思わず動揺してしまった」

李奈は河村を見なかった。河村も依然グラスを拭きつづけている。

ききたかった答えをいまきいた。この瞬間に事実は裏付けられた。李奈は虚無に浸った。さまざまな感情の昂《たか》ぶりを抑制しながら、ただ静かに李奈はいった。「瀧井孝《たきいこう》作《さく》は『逆行』を芥川の作風だと評した。太宰にとって嬉《うれ》しいひとことだったはず。なのに『川端康成へ』と題したエッセイで、すべてぶち壊しにした」

「小説にのぞく高潔さや尊さ。あのエッセイに垣間見《かいまみ》える俗物さ加減。両方ひっくるめて、太宰治という作家が見えてくる」河村の目が李奈に向いた。「昌哉の投稿を読んだんだろ」

「ええ」李奈は静かに応じた。「ここに置いてあった『クスノキ』と同じ表紙を探しました。読んでみたら読者の投稿コーナーに、流麗な文章が載っていて……。川端に嚙《か》みついた太宰をおとなげないといったら、父にたしなめられた、そんな内容です。

太宰の心情について、父はまるで親友のように叙情豊かに語ったって」

「投稿者は匿名だったろ」

「詩的な表現で綴る名文でした。何度も読みかえしたくなるような、透明で艶《つや》やかな描写、独特な形容。短い散文だったけど、確信できました。『黎明に至りし暁暗』の作者はこの人だと」

甲高く響く音とともにグラスが戻される。河村は布巾を洗い、絞り、広げてから折り畳んだ。

「そっか」河村が低くつぶやいた。「そういう視点で見れば、気づいてもふしぎじゃないな」

カウンターの下から雑誌がとりだされた。前にもここにあった『クスノキ』だった。李奈が国会図書館で見た表紙より、少し傷んでいた。常に手もとに置いているにちがいない。

河村はカウンター越しに李奈を見つめてきた。「アイスカフェオレ、飲まないのか。氷が溶けだしてる。薄くなっちまうよ」

李奈はストローを吸った。いつもと変わらない甘さが、口のなかにひろがった。

「杉浦さん」河村の視線はまた逸《そ》れていた。「わけがわからない、そう感じてるだろうな」

「いえ」李奈は否定した。「理解できてるつもりです」

「どんなふうに?」

「岩崎翔吾さんの発言が、事実じゃなかったら、そう考えてみました。対談でおっしゃったことは、作家のポーズにすぎず、本当は正反対だったら? 最初から最後まで、順を追って書いてるといったけど、じつはそのように書いていない。既存の作品を書き写す練習法は、文章力の向上につながらないから推奨しない、そういったけど……」

「名作を書き写したところで、文章はうまくならないよ。そこは事実だろ」

「でもある教え子にはそういわなかった。小説家志望だった昌哉さんに、岩崎さんは名作の模写を勧めたんです。全文を手書きで原稿用紙に写す、そんな課題をだした。それも、自分なりに別の表現をとったほうがいいと思う箇所は、自己流にアレンジすべきだといって」

「ああ。昌哉は辻邦生の『夏の砦』を選んだ」

「岩崎さんは提出された原稿を、紅玉新人文学賞に送った。昌哉さんの名義で」

「……題名がちがっただろ」

「あれは昌哉さんが書いた、本来の『黎明に至りし暁暗』の表紙です。『魂の喪失』がもともとの題名だったんです。略歴など原稿に添える別紙は、特に手書きとは指定されていないから、岩崎さんがパソコンで作成した」

また沈黙が降りてきた。河村は深く長いため息をついた。「ようやく事実に気づいてくれる人がいた」

虚無とともに思った。やはり事実だったか。河村の反応がすべてを物語っていた。

李奈は憂鬱《ゆううつ》な気分でつぶやいた。「騒動よりずっと前に、昌哉さんは『黎明に至りし暁暗』を書いた。真っ先に岩崎さんに見せたんでしょう。小説家になるため、助言を求めていた講師ですから」

河村は無表情のまま、小さく鼻を鳴らした。「昌哉は落ちこんでたよ。俺は知らなかったが、岩崎翔吾は昌哉の小説を酷評した。太宰の気持ちがいまわかったって、昌哉はこぼしてた。あれはそういう意味だったんだと思う」

「でもじつは、岩崎さんは原稿の出来に感銘を受けていた。そのうえで岩崎さんは預かった原稿を……」

「盗むつもりだった。だから昌哉を嵌《は》めて貶《おとし》めた。文芸界にデビューできないよう打ちのめした」

ふいに胸が強く締めつけられる。李奈は河村にたずねた。「このお店に桜樺社の編集者が来た話は、事実ですよね？　岩崎さんもいた。呼びだされた昌哉さんも……」

「前に話したことは、ほぼ本当だ。俺は昌哉を問い詰めた。昌哉はなにもいわなかった。目に涙を溜《た》め、岩崎をじっと見かえしたが、無言を貫いた。そのうち過呼吸になった。救急車が呼ばれた。桜樺社の連中は、面倒に巻きこまれるのを恐れたんだろう。さっさと退散していった」

警察で伝えられた。死因が急性心不全、そこだけが事実とちがう。河村昌哉は入院先の病院で、外階段の五階から飛び降りた。

「河村さん」李奈はきいた。「いつ事実を悟ったんですか」

「岩崎が『黎明に至りし暁暗』を出版したときだ。昌哉が書いた小説を、俺は読んでなかった。だが文章表現で気づいた。ところどころ俺が昌哉に語った内容も含まれてた。岩崎がまさか昌哉の作品を盗むとは、まるで予想してなかった」

「あなたの身にも危険が……」

「いや。杉浦さん。『コンビニ人間』は読んだかい？」

村田《むらた》沙耶香《さやか》の芥川賞受賞作だった。李奈はうなずいた。「はい。もちろん」

「ここの経営者になった日から、俺は喫茶ドロテの店長、そういう生き物でしかない。

余計なことはなにも考えない。自分の思想なんか持たない。それがうまくやってくコツだと信じた。店長は巨人のファンかと客がきいても、野球は知らない、俺はそう答えた。無宗教で支持政党もない。俺は店長に徹すると昌哉にも伝えてあった」

「なら日本文学研究ゼミの学生さんたちが来るようになってからも……」

「ああ。俺はこの店でずっと、文学談義に疎いふりをしてた。岩崎も警戒してなかった。この『クスノキ』を、岩崎は読んでない。おかげで俺は、あいつの口封じの対象から外れた」

「たぶん昌哉さんは、父親であるあなたを守ろうとして……」

「そうとも」河村は力なく項垂《うなだ》れた。「無知な父親のままでいれば、俺の身は安全だ。昌哉が沈黙を守ったのは、そのことを伝えたがっていたんだと思う。なのに俺は、岩崎の言葉を鵜呑《うの》みにし、あいつを叱り飛ばしちまった」

さっき吸ったアイスカフェオレの甘さは、李奈の口のなかで、水のように味気なくなっていた。

ゼミの学生、鳥居渚は岩崎翔吾について否定的だった。そんな彼女も『黎明に至りし暁暗』が盗作とまでは気づかなかった。小手先だけではあるが、岩崎の講義の内容が反映されている、そういった。肯定的にとらえていた関根彩花らも、岩崎の教えが織りこまれた作品、そのように評していた。

たしかに岩崎の講義の内容が反映された小説だった。なぜなら河村昌哉は、岩崎翔吾の教え子だったからだ。ゼミで習ったことを踏まえ、昌哉は自分の小説を書いた。岩崎は一読し、その素晴らしさに魅せられ……。

動機は岩崎自身が語っている。こんな文章を書きたいと誰もが思う。魔がさした。生理的欲求と安全欲求の階層をクリアしたが、集団欲求は満たされない、そんな幼少期を送った。承認欲求の階層を厚くすることで補おうとし、書くことに目覚めた。ところが安全欲求までも脅かされ、承認欲求の階層が途方もなく厚くなった。盗作もやむなしとする岩崎の持論だ。芥川も同じだったとみなすことで、罪悪感から目を背けた。

岩崎に小説家としての才能はなかったのだろう。駒園雅陵がいったとおり、内に籠《こ》もっているうちは本物の私小説など書けない。のみならず岩崎は、日本文学研究者としても浅はかだった。『ある偽作家の生涯』を誤読している時点で、ものの捉《とら》え方が表層的だとわかる。

李奈は寒気をおぼえた。不安が波状に押し寄せてきた。そのうち、よりはっきりとした感情、恐怖のかたちをとり始める。

「あのう」李奈は震える声を響かせた。「河村さん。京都で起きたことは……」

河村がなにかをカウンターの上に投げだした。スマホだった。

「岩崎のだ」河村がいった。

ぞっとして鳥肌が立った。店内の温度が急激に下がったように思える。李奈の心拍は急激に速まりだした。

「な」李奈はささやきを漏らした。「なんで……」

「怖いか？　無理もないな」

「まさか、本当に……。河村さん」

「妻を病気で亡くしたのは、昌哉が六歳のころだった。俺は昌哉の文才が育ったのを、申しわけなく思ったよ。親の愛情不足のせいだ。俺自身が本好きになった理由でもある」

素顔がのぞいた。そんなふうに思えた。河村はずっと孤独を抱えてきた。文学を通じ、自分自身とわが子の心情、それらの共通項を理解した。ゆえに父と子の絆を断った岩崎を許せなかった。

河村がつぶやいた。「すぐでていったほうがいい」

いわれたとおりにすべきだ、そんな思いも生じる。だが李奈は留《とど》まりたかった。取材のためではない。真実を知る唯一の人間として、河村に問いかけるべきことがある。

「……河村さん」李奈は河村を見つめた。「岩崎さんに復讐《ふくしゅう》したんですか」

「したよ」河村があっさりと応じた。「あいつがここにいるとき、いつでも刺《は》せた。でもそれじゃ駄目だ。天才作家の非業の死になっちまう。岩崎の化けの皮を剝いでやらねえと」

「盗作の証拠なら、きっとどこかに……」

「ない。あいつの引っ越しを手伝いに行ったとき、新居のなかを探してまわった。昌哉は手書きを好んだから、小説もきっと原稿用紙に書いたはずだ。それが見つかれば動かぬ証拠になる。でもなかった」

李奈は絶句した。もう見つからない。久美子の打ち明け話が脳裏をよぎった。原稿用紙はないでしょう。作品を書き終えたあと、落ち葉と一緒に庭で燃やしてました。

岩崎はメモがわりに原稿用紙を持ち歩いていた。そこは事実だろう。デスクに白紙の原稿用紙が山積みになっていたからだ。しかし久美子が目にしたとき、岩崎が燃やしたのはおそらく、河村昌哉の書いた『黎明に至りし暁暗』だった。証拠隠滅。それ以外に火にくべる理由などない。

河村は低い声で告げてきた。「証拠は手に入らなかった。だから代わりに、あいつを盗作作家に仕立ててやった。岩崎は自分が誰に嵌められたか、まるで気づいていなかった。脅迫者の素性がまるで思い当たらない、ずっとそんなようすだった」

「京都に誘いだしたのも……。あなたですか」

「岩崎がどんなスマホを使ってるか、この店で見て知ってた。だから同じ機種を用意できた。『岩崎翔吾へ』と封筒に大書し、なかにプリペイド式スマホをいれ、あいつの家の郵便受けに投函《とうかん》しといた。指示に従わないと、おまえは盗作作家のままになる、そんなメッセージを添えてな。『黎明に至りし暁暗』がおまえの作品じゃないのも知ってる、そう付け加えておいた」

「井手町図書館で岩崎さんが電話してた相手は……」

「俺だよ。ボイスチェンジャーで声を換えてた。あの図書館から、京都市北区へ行くクルマを差し向ける、直前にそう伝えてあった。だがあの場で予定の変更を伝えた。玉川沿いの浄水場へ行けと。あいつは図書館の職員にきかせようと復唱した。危険を感じたからだろうが、それも俺の狙いどおりだった」

　北区。玉川浄水……場。現場に落ちていた『黎明に至りし暁暗』と、挟んであった『パンドラの匣』の一ページ、双方に引かれた赤い傍線。河村は文学に詳しかった。岩崎が盗作の罪の意識に耐えかね、逃亡したように見せかけた。東京を遠く離れていたため、死に場所には似た地名を探しだし、遺書がわりに小説を引用した。そんな痕《こん》跡《せき》をつくりだした。

李奈はささやいた。「なら岩崎さんが死んだのは……」

「きくなよ」河村の目はまた逸《そ》れていた。「きみには関係ない。疑惑を抱くのは勝手だし、またどっかで取材をつづければいいだろ。俺はもうなにもいわない」

慄《りつ》然《ぜん》としながらも、まだ手放せないものがある、李奈はそう実感していた。すべてが理解できたわけではない。わからないことはたくさん残っている。それでも河村を問いただすより、その傷ついた心と向きあいたかった。

「河村さん」李奈はたずねた。「少し時間をいただけませんか」

硬い顔で河村が見かえした。「なんの話だ」

「岩崎さんの盗作を証明する手段が、なにかあるかもしれません」

「冗談いうなよ」

「いえ……。『黎明に至りし暁暗』の結末です」

「それがどうかしたのか」

「尻《しり》切《き》れトンボです。裄人が誰を愛しているのか、最後まで明確にならない。あの作品が唯一批判されているのはそこです。でも本当は、きっと結論が書かれていたんじゃないかと……。そこがあまりに昌哉さんの独創性に満ちていたか、岩崎さんにとって理解しがたい結末だったか、とにかくなんらかの理由で削除された」

「昌哉の原稿は見つからなかった。あいつの新居を徹底的に探した。岩崎が死んだあとは、警察も捜索したはずだ」

「でもわたしは……。削除された部分の元原稿を、岩崎さんは処分していない、そんな気がします」

「なぜそういえる」

李奈は口ごもった。うまく答えられない。ほとんど勘に等しかった。けれども岩崎翔吾という人物について、おおよそわかってきたいま、自分なりに確信しうることがある。

盗作する際に、書き写さなかった結末部分、岩崎はその原稿を燃やせるだろうか。自分の作品に引き継がなかった以上、元原稿を処分すれば、その結末は永遠に失われる。河村昌哉の文章表現に魅せられていたのなら、何度も読みかえしたくなるのではないか。理解できないのであれば、今後も研究対象としたいのではないか。直筆の文章にこそ書き手の魂が宿る。まだ盗んでいないのに、その箇所を処分できるだろうか。

李奈は河村にうったえた。「結末部分の原稿はきっと見つかります。だから……」

「でてってくれ」河村がぴしゃりといった。カウンターのなかで李奈に背を向ける。声のトーンを落とし、河村はぼそりと付け加えた。「頼む」

話しかけられるのを拒む、そんな沈黙の背だけがある。無言の圧が押し寄せてくる。ひやりとした恐怖を感じた。李奈の腰は自然に浮いた。ふらふらと後ずさり、カウンターから遠ざかる。ドアに達した。李奈は外に飛びだした。

都会の街並みは紅いろに染まっていた。急ぎ喫茶ドロテから離れる。震える手でスマホをとりだした。通報するのか。李奈は自問した。

電話帳データから選んだのは兄、航輝の番号だった。呼び出し音が反復する。早くでて。李奈は心から祈った。

航輝の声が応答した。「はい？」

「お兄ちゃん。いま駿望大学の近くにいるの……。クルマで迎えに来て」

「どうかしたのか？」

「いいから、お願い」

「わかった。すぐにでる。近くまで行ったらまた電話する」

「ありがとう……」

通話が切れたとたん、路上にへたりこんでしまいそうになる。李奈は足ばやに歩きながら、喫茶ドロテを振りかえった。古びた看板が斜陽に照らされる。目に映るのはそれだけだった。

## 30

黄昏《たそがれ》を迎えた新宿駅南口界隈《かいわい》、そこかしこにネオンが映える。甲州《こうしゅう》街道下りの陸橋は、いつものように渋滞で混雑していた。兄の航輝が運転する軽自動車も、遅々として進まない。迎えに来てくれるよう電話してから、もう二時間近くが過ぎている。航輝が運転席でぼやいた。「こんな時間にクルマで阿佐谷に帰ろうなんて、まったくどうかしてる。いったいなにがあったんだよ」

李奈は助手席におさまり、ただ窓の外を眺めていた。陸橋の歩道を大勢の人々が行き交う。先の尖《とが》ったNTTドコモ代々木《よよぎ》ビルが、紫いろのライトアップのなかに浮かびあがる。

誰もが変わらない日常を過ごしている。そんななか自分ひとりだけが、いまも非日常から戻りきれない。悪い夢でも見ていたように思う。頭を煩わせる記憶のすべてが、現実であってほしくない。

航輝は小刻みにステアリングを切っていた。徐行のなかで微妙に進路を調整しつづける。「李奈。お母さんが毎日ひっきりなしに電話してきてる。お父さんもだ」

「ふうん」

「さすがにふたりとも心配してるんだよ。ひとことでも返事してあげたらどうだ」

心には響かない。ただ意地を張っているわけではない。自分の将来などどうでもよかった。現状は切迫した判断を求められている。わき目など振れない。

通報すべきだろうか。喫茶ドロテ店長、河村幸司は罪を告白したも同然だろう。事実を知りながら胸に秘める、それは正しいことなのか。ノンフィクション本の執筆に際し、なにを書けばいいのだろう。偽りを前提に出版するなどありえない。世のなかへの背信行為ではないか。

ふとカーラジオの音声に注意が向いた。微音で鳴りつづけていた音楽が、突然途切れた。男性の声がなにかを告げている。DJでなくアナウンサーの声質だった。川崎、まずそうきこえた。故・岩崎翔吾さん宅……。

李奈ははっとした。前のめりに身体を起こそうとし、シートベルトの抵抗を受ける。音量を大きくしたかった。だが操作方法がわからない。李奈はいった。「ラジオの声。ききたい」

航輝が手を伸ばし、タッチパネルを何度もタップした。音声が明瞭《めいりょう》になっていった。アナウンサーの声が告げた。「繰りかえし臨時ニュースをお伝えします。川崎市幸区にある故・岩崎翔吾さん宅に、刃物を持った男が立てこもっていると、一一〇番通報がありました。家のなかには岩崎さんの妻の久美子さん、娘の芽依さんがいるものとみられます。現在、警察が周辺の道路を封鎖しており……」

全身が痺《しび》れた。雷に打たれたかのようだった。耳を疑いながらも、けっして不測の事態ではなかった、そう思った。

航輝が顔をしかめた。「岩崎翔吾さん宅？　マジかよ」

立てこもり犯は四十代から五十代の男性、ラジオはそのように伝えていた。発生から間もないともいった。なにが起きているのかは明白だった。

李奈はつぶやきを漏らした。「わたしのせい……」

「なに？」航輝が李奈を見つめた。

「わたしがあの人を追い詰めたから……。探そうとしてる。結末部分の原稿を」

「おい李奈。どうも最近おかしいと思ったら、きょうはいよいよ変だ。疲れてんだよ。部屋に着いたらぐっすり眠れ。明日《あした》は病院に連れてってやるから……」

「新川崎！」李奈は怒鳴った。「いますぐ行きたい」

「無茶いうな。この渋滞を見りゃわかるだろ。ここから神奈川方面に向かえって？首都高に乗るだけでも……」

議論をしている暇はない。李奈はシートベルトを外すや、ドアを開け放った。軽自動車は徐行していたが、かまわず路上に身を躍らせた。

「李奈！」航輝が驚きの声を響かせた。

ただちにドアを叩《たた》きつける。渋滞するクルマの合間を縫うように走った。右手の新宿駅南口へと急ぐ。ガードレールを乗り越え、歩道の人混みをすり抜け、改札口に向かった。

スイカの入った財布を押しつけ、改札のゲートを開かせる。帰宅ラッシュ時を迎え、駅構内は利用客でごったがえしていた。ただちに二番ホームを駆け下りる。発車のベルが鳴った。アナウンスがきこえる。快速平塚《ひらつか》行、発車します。湘南《しょうなん》新宿ライン、この電車しかない。李奈はドアに駆けこんだ。なかはやはり混みあっている。満員電車の車内に、かろうじて身体をねじこんだ。

ドアが閉まり、電車が走りだした。武蔵小《むさしこ》杉《すぎ》駅まで二十分ていどのはずだ。鈍りがちな思考を働かせようと躍起になる。事実から目を背け、分析することを故意に遅らせてきた。もうそんなことはいっていられない。なにがあったかを詳細に突き詰めねばならない。

河村はいった。証拠は手に入らなかった。だから代わりに、あいつを盗作作家に仕立ててやった。

あれは二作目の『エレメンタリー・ドクトリン』のことだろう。仕立てたというからには、事実ではないにもかかわらず、さも事実のように偽装したことになる。岩崎翔吾は盗作を働いたわけではなかった。

最終章の最後の一文まで、嶋貫克樹の『陽射しは明日を紡ぐ』にそっくり。しかも嶋貫が三日早く脱稿していた。岩崎が小説を最初から最後まで、順を追って書くスタイルなら、嶋貫の作品を岩崎が盗作したことになる。

だが岩崎の発言は詭弁《きべん》だった、いまではそうみなすべきだ。後半には飛び飛びで三章ほど、主人公のいとこの話が挿入されるが、あまり本筋に関わってこない。このいとこについては、ふたつの作品でまったく扱いが異なる。岩崎版のいとこは女性で、傷痍《しょうい》軍人を労《いたわ》る看護婦。嶋貫版のいとこは、主人公より年上の男性で土地成金。それぞれ展開もちがっている。

なぜそこだけ大きく異なっているのか。どちらが盗作したにせよ、このいとこのくだりだけは模倣せず、ふたりが各々独自に書いたからだ。

駒園雅陵は回想の章を〝※奈々未の回想1〟と仮表記しておき、内容を書くのは後まわしにした。回想のみならず、登場人物の視点が移るとき、小説家がおこないがちな手法だった。

岩崎はいとこがでてくる章三つについて、〝※いとこの話1〜3〟とでも仮表記し、やはり飛ばして書いたのだろう。盗作したのは嶋貫のほうだった。嶋貫は毎日のように岩崎の原稿データを盗んでいた。しかし岩崎が最終章に達するより早く、途中の飛ばされた章を、嶋貫は自分なりに推測して書いた。岩崎による最終章の執筆直後、嶋貫は原稿の全文を雲雀社に送信した。岩崎はいとこの話を書くのに、さらに三日を要した。

盗作したのは岩崎でなく嶋貫。なぜそういえるのか。単純に文芸作品としての比較だ。嶋貫の処女作『奈落の淵のイエス』は稚拙なファンタジーでしかなかった。岩崎のほうは『黎明に至りし暁暗』が盗作だったため、じつは『エレメンタリー・ドクトリン』が処女作だった。それ以前に書いていた未完成作は、駒園雅陵から酷評された。『黎明に至りし暁暗』の二番煎《にばんせん》じのような内容だったという。

完成した『エレメンタリー・ドクトリン』にも『黎明に至りし暁暗』と重なる部分が見受けられた。岩崎がゼミの学生らに語った理論が反映されている。けれども『黎明に至りし暁暗』の出来映えとは雲泥の差だった。

河村昌哉の書いた『黎明に至りし暁暗』の水準をめざすべく、岩崎は必死に書いた。自分の持つ文学研究の知識や理念、すべてを投入したにちがいない。それでも腕前は河村昌哉に遠く及ばなかった。

そこまでは筋が通っている。問題は嶋貫がどうやって岩崎から原稿を盗んだかだ。

電車はいつの間にか停車していた。にわかに混雑が緩和された。乗客がホームに降りていく。さっき渋谷《しぶや》駅に停まったのを、ぼんやりと思いだす。いまは大崎《おおさき》駅だ。また新たに乗客が乗りこんでくる。混みぐあいはさっきほどではなかった。ドアが閉まり、また車両が揺れだす。

岩崎から原稿を盗んだ実行犯は、嶋貫自身ではない。嶋貫克樹というライターに、岩崎翔吾の二作目の原稿データを提供した人物がいる。河村幸司にちがいない。

河村は岩崎を盗作作家に仕立てるため、ライターに原稿を売りこんだ。嶋貫は岩崎の二作目なら、傑作まちがいなしと信じ、計画に乗った。岩崎がまだプロットを考えている段階で、嶋貫は原稿用のワードファイルを作成、執筆開始日として弁護士に記録させた。小説の完成後も、三日早く脱稿した事実を揺るぎないものにするため、大勢の証言者を編集部に集めた。

「武蔵小杉です」

「武蔵小杉」車内の自動アナウンスが耳に届いた。

電車がホームに滑りこむ。減速していき、やがて停まった。開いたドアから乗客が吐きだされていく。李奈もそのなかのひとりだった。ホームの階段を上り、横須賀《よこすか》線のホームに移る。

各停の逗子《ずし》行もそれなりの混みようだった。李奈は車内に乗りこんだ。ほどなく電車が走りだした。

河村はどうやって岩崎の原稿データを盗んだか。推測ではあるが、岩崎が詭弁を口にしていた以上、原稿のバックアップ方法についても嘘があったと考えられる。

USBメモリー一本にのみ保存する、岩崎はそういった。だがそれでは家が火事になった場合、原稿データが焼失してしまう。神経質な小心者と受けとられたくないがゆえ、見栄《みえ》を張った可能性もある。原稿がなくなったらまた書けばいい、そううそぶくほうが、スマートな小説家を演出できる。

なら岩崎は実際に、どんな方法でバックアップをとっていたか。李奈のようなラノベ作家がよく使う手がある。毎日の執筆終わりに、原稿ファイルをメールに添付し、自分のメアド宛てに送る。メールサーバーがクラウドにある場合、添付されたファイルもクラウドに残る。ヤフーメールならIDとパスワードだけ知っていれば、たとえパソコンがクラッシュしても、別のパソコンからアクセスしダウンロードできる。

岩崎は仕事専用のメールに、大手プロバイダーのメアドを用いていた。しかしそれはアウトルックをメールサーバーとし、送受信後はクラウドにデータが残らない設定だった。一方で岩崎はヤフーのメアドも使っていた。

河村はゼミの学生らとともに、岩崎の新居への引っ越しを手伝った。連絡をとりあう際、岩崎がメールを用いたとすれば、大手プロバイダーではなくヤフーのメアドだろう。のみならず岩崎は喫茶ドロテの常連客だ。河村には岩崎のヤフーメールアドレスを知る機会があった。

李奈は電車に揺られながらスマホを操作した。ヤフーのトップページを開く。思いつくままにＩＤとパスワードを打ちこんだ。

アクセスできた。李奈は思わずため息をついた。やはり岩崎のＩＤとパスワードだった。

岩崎の書斎、壁にメモが貼ってあった。〝子なし　共働き　２３２〟。あれはパスワードを忘れないためのメモだ。自分だけがわかるヒントを書いておくことはよくある。

多くのパスワードは、アルファベットの大文字と小文字、数字を交ぜねばならない。子なしの共働きとはDINKs。それ自体が大文字と小文字の交ざったアクロニムだ。

実際には子なしでも共働きでもない岩崎にとって、他人から推測されにくいパスワードに思えたのだろう。"DINKs232"を、岩崎はさまざまな認証パスワードに用いていた、そう考えられる。パソコンに顔認証以外でログインするための、サブパスワードにも採用していたのだろう。

河村は引っ越しの手伝いで新居を訪ね、ひとり書斎に入ったとき、あのメモに目をとめた。パソコンにログインできたからこそ、河村の計画はスタートした。ヤフーのIDは、メアドの@より前の部分がデフォルトになる。パスワードに"DINKs232"。河村はスマホでのログイン後、岩崎のパソコンを操作し、メインメールアドレスに届いたログインアラートを削除した。時期はずいぶん前になる。HDD内ストレージは、岩崎が働くうちに上書きされ、業者の操作でも復刻されなかった。

新川崎駅に着いた。李奈は電車を降りた。急ぎ改札を抜ける。駅周辺は夜の静寂に包まれていた。タワーマンションを中心に、再開発された街並みがひろがるが、武蔵小杉ほど賑《にぎ》やかではない。歩道橋を下り、新興住宅地をめざす。李奈は歩を速め、ほとんど小走りになった。

ヤフーメールはアクセスしたIPが履歴に残る。しかしそれも、河村が岩崎邸に入ったことがある以上、問題なく予防できる。

岩崎邸の無線LAN親機はバッファロー製だった。本体裏面に貼られたシールに、SSIDと暗号化キーが記載されている。スマホカメラで撮っておけば、家の近くから無線LANにアクセスできる。河村は岩崎邸の前に足を運んでは、スマホで無線LANに接続、ヤフーメールの送受信記録から添付ファイルを盗みとった。岩崎が書き進めるたび、保存するデータを、毎日のように入手していった。

厳密にはヤフーメールのトップページに、前回のアクセス日時が表示される。だがそれで不正アクセスに気づくことは稀《まれ》だ。岩崎も原稿データ保存のため、頻繁にヤフーメールのページを開いていただろう。アクセス日時までは気にかけなかった可能性が高い。のちに警察が調べようと、岩崎邸の無線LAN以外からは、ヤフーメールへのアクセスがなかったと解析される。

岩崎は『エレメンタリー・ドクトリン』を書きあげたのち、自分宛てのヤフーメールを、すべて添付ファイルごと削除した。もしメールが残っていても、河村がそれらをまとめて消去しただろう。

李奈は住宅街のほの暗い路地を歩いていった。行く手がにわかに騒々しくなった。李奈は走りだした。角を折れたとたん、愕然《がくぜん》として立ちすくんだ。

道幅いっぱいに群衆が膨れあがっている。報道陣と野次馬が半々に入り交じっていた。黄いろいテープの向こう、警察官の制服が右往左往する。私服はみな刑事だろう。岩崎翔吾の家までは二十メートルほどだった。二階の屋根はここからでも見える。

喧噪《けんそう》のなか、李奈は人混みを掻《か》き分け、黄いろいテープに近づいた。警官の気を引くべく、わざとテープをくぐろうとしてみせる。

「そこ！」警官が駆けてきた。「勝手に入らないでください」

李奈は警官にうったえた。「立てこもってる河村幸司さんとは知り合いです！　わたしは杉浦李奈です。捜査一課の佐々木さんか山崎さんに連絡してください」

ざわっとした驚きの反応が周りにひろがる。テレビを通じ杉浦李奈を知っているからだろう、記者たちがこちらに向かいだした。警官らは当惑のいろを浮かべている。私服の刑事らは無反応だった。

困った。李奈は唇を噛《か》んだ。幸署の刑事に知り合いはいない。神奈川県警と警視庁は仲が悪い、そうきいたことがある。いまも連絡がスムーズになされるかどうか疑わしい。

そのとき奥からスーツがふたり駆けだしてきた。見覚えのある顔、まぎれもなく佐々木と山崎だった。佐々木刑事が目を瞠《みは》った。「杉浦さん？」

「お願いです！」李奈は詰め寄ろうとした。制服警官らに押し留《とど》められたものの、李奈は声を張った。「なかにいれてください。河村さんと話したいんです」

山崎刑事が面食らったようすできいた。「なぜ立てこもり犯の名をご存じなのですか」

「河村さんは名乗ったんですね？　なら喫茶ドロテの店長だってことは、もう刑事さんたちも知ってるでしょう。岩崎さんのゼミの学生がよく集まってる店です」

「ええ、そこまではわかってます。でも河村は人質をとってるんですよ。私たちの説得にも耳を貸さない」

「わたしが話します。きょう喫茶ドロテで会ったんです。河村さんは原稿を探してるんです」

「原稿？」

「結末部分です。息子の昌哉さんが書いた『黎明に至りし暁暗』の」

「それは岩崎翔吾の著作でしょう。息子とはどういう意味ですか」

いきなり眼前にマイクが突きつけられた。間近でリポーターの声ががなり立てる。「杉浦李奈さん！　いまのお話はなんですか。詳しくおきかせください！」

山崎が苦い顔になり、黄いろいテープを引っぱりあげた。「杉浦さん、入って」

李奈はあわててテープをくぐった。押し寄せる報道陣から逃れ、警官のみが占拠する区画に入る。佐々木と山崎にいざなわれ、岩崎邸の前へと駆けていった。

拡声器を手にした警官に、佐々木が声をかける。警官が拡声器を差しだした。それを佐々木が受けとり、さらに李奈へと手渡してくる。

佐々木はいった。「向こうからの要求は電話で伝えてきますが、こっちからかける自由はあたえられていません。拡声器で呼びかけるしかない。お願いできますか」

サーチライトに照らされた岩崎邸は、雨戸がわりのシャッターを閉じたままだった。なかは照明が灯《とも》っているかもしれないが、ここから見るかぎり真っ暗でしかない。門柱灯すら消えている。

李奈は拡声器のボタンを押した。「河村さん！　杉浦李奈です。なかにいれてください。原稿がどこにあるかはわかってます！」

口からでまかせだった。推測が可能ではあるものの、根拠となると皆無に等しい。しかしこれ以外に呼びかけようがない。

沈黙があった。誰かのスマホが鳴った。近くにいたスーツのひとりが応答する。「はい。……河村。代わりに人質を解放しろ」

通話を切られたらしい。スーツが舌打ちした。佐々木に報告する。「河村からです。彼女ひとりだけ、玄関から入らせろといってます。鍵《かぎ》は開けてあると」

佐々木が険しいまなざしを李奈に向けてきた。「危険ですよ」

「わかってます」李奈は応じた。

「解錠してあるとわかっても、私たちは容易に突入できません。人質の安全が最優先です」

ためらいなど生じない。李奈は歩きだした。岩崎邸の敷地に足を踏みいれた。狭い庭を横切り、玄関前に達する。ドアに手をかけた。たしかに鍵はかかっていない。李奈はゆっくりとドアを開けた。廊下は暗かったが、リビングのほうから光が漏れてくる。

背後を振りかえる。刑事たちが固唾《かたず》を呑《の》んで見守っていた。李奈は小さくうなずくと、家のなかに入った。

後ろ手にドアが閉まった。李奈は靴を脱ぎ、フローリングにあがった。

リビングのドアは半開きだった。ずいぶん散らかっている。慎重に室内へと歩を進めた。

呻《うめ》き声がきこえた。テーブルのわきに、久美子と芽依、ふたりが横たわっている。ガムテープを全身に巻かれ、ミイラ状態になっていた。口も塞《ふさ》がっている。ふたりは李奈を見たとたん、ひときわ甲高く唸《うな》った。身体を起きあがらせようと必死でもがく。

ふたりとも目が真っ赤だった。芽依は顔面を紅潮させ、ひたすら泣きじゃくっている。

ガムテープを取り払わないと。李奈は近づこうとした。そのとき廊下から人影が現れた。思わずどきっとする。李奈は立ち尽くした。

皺《しわ》だらけのジャケットに、ネクタイのないワイシャツ。河村幸司が虚《うつ》ろな目でたたずんでいた。夕方、喫茶ドロテで会ったときと同じ、どこかぼうっとしたまなざしで李奈を眺める。河村の右手には包丁が握られていた。刃渡りが長かった。

河村がぼそりときいた。「原稿はどこだ?」

李奈は河村と向き合った。「包丁を置いてください」

「すまない。それはできない」

「原稿を見つけて死ぬつもりですか」

「最初から死ぬつもりだった。ただ昌哉の原稿があるなら、生きてるうちに取り戻したい」

やはり河村がここに来たのは李奈のせいだ。昌哉の書いた原稿の結末部分、その存在を示唆した。それが引き金になってしまった。李奈が店をでたあと、河村はまっすぐここに向かったにちがいない。

河村が包丁を持ちあげた。刃の尖端《せんたん》を李奈に向けた。「原稿は?」

包丁が李奈の胸に近づく。久美子と芽依が悲痛な呻きを発した。動悸《どうき》が激しくなる。身体の震えがおさまらない。それでも恐怖に打ち負かされてはならない。河村と対話できるのは自分しかいない。

李奈はうわずった声を搾りだした。「まず書斎に行きましょう。話はそれから」

張り詰めた空気のなか、河村がじっと見かえした。硬い顔のままうなずいた。

河村は先に動こうとしない。李奈は廊下にでていった。すると河村が後につづいた。包丁が背に突きつけられているのか。前を向いて歩く以上わからない。振りかえってたしかめる勇気もない。

廊下を歩いていき、書斎の前まで来た。やはりドアは開け放たれていた。なかが荒らされている。すでに河村が物色したらしい。

突如として喧噪《けんそう》がひろがった。家全体が地震のように揺れだした。李奈は後方を振り向いた。

機動隊が玄関から突入してきた。むろんのこと土足で廊下を踏み荒らす。ひしめく群れが二手に分かれる。一方はリビングになだれこんだ。もう一方がこちらに押し寄せてくる。

河村が李奈を書斎に引っぱりこんだ。ただちにドアを叩《たた》きつけ施錠する。

狭い室内に李奈は河村とふたりきりになった。李奈は苛立《いらだ》ちをおぼえた。容易に突入できない、佐々木刑事はそういった。河村に不意打ちを食らわせるためだろう、警察は李奈にまで嘘をついた。

ドアが蹴破《けやぶ》られるかと思いきや、警察は乱暴な行為におよばなかった。リビングの久美子と芽依を救出したものの、新たに人質がとられたからだろう。機動隊はノックひとつしない。廊下でじっとようすをうかがっている。

ここの窓にもシャッターが下りている。天井の照明が室内を暖色に染める。散らかり放題の室内で、河村がデスクのわきに立った。「原稿は?」

「さんざん探したみたいですね」

「俺だけじゃなく警察もな。岩崎翔吾の不審死ののち、家の隅々まで捜索したはずだ。それでも原稿がまだ家のなかにあるってのか」

李奈はたずねかえした。「最初から殺すつもりだったんですか」

「誰を?」

「もちろん岩崎さんです」

「社会的には葬られたも同然だった。だから命までとる必要はなかったって?」

「復讐《ふくしゅう》は充分に果たされたはずです」

「ちがう」河村は無表情のまま首を横に振った。「あいつは反省していなかった。玉川沿いに呼びだしたとき、俺はあいつに最後の機会を与えた。昌哉の小説を盗作したのか。そう質問した」

「……岩崎さんは認めなかったんですか」

「ああ。あくまで否定した。大学生の昌哉では、文壇も注目しない。それで岩崎が手を加え、自作として発表したと、俺にうったえた。修正後は岩崎の魂がこめられた作品になった、つまり岩崎の著作だとほざきやがった」

「それで……。あのう、河村さんは岩崎さんを……」

「詫《わ》びのひとことを吐かせるつもりだった。昌哉のためにそうさせたかった。岩崎のうなじをつかんで、顔を川底に押しつけた。奴に何度も問いかけた。盗作をしたのかと」

「岩崎さんの反応は……？」

「元になった小説の魂を理解してる。だから模倣でないとわめいた。芥川の請け売りだな。俺は激昂《げきこう》した。気づけばあいつの頭を水中に押しこんだまま、満身の力をこめ、けっして起きあがらせまいとしていた。そのうちあいつはぐったりとした」

「……嶋貫さんの死にも、心あたりはありますか」

「あいつは取り乱し、計画を下りるといいだした。警察に駆けこんですべてを話すと」

冷たい感触が全身を覆い尽くす。李奈は恐怖にとらわれた。「ならやはり……。河村さんが……」

「嶋貫は泥棒猫だ。盗作を持ちかけられて乗り気になった。文壇を汚すクズだ」

李奈は思いつくままにいった。「CD－Rに指紋をつけさせたんですね。同封した紙にも。脅迫文を印字する前に。お葬式の手伝いに行ったときに、それらを岩崎さんの家に置いてきた……」

河村がうなずいた。「岩崎が嶋貫の小説を盗作したと、きみはなかなか信じようとしなかったな。無理もない。嶋貫は予想よりずっと幼稚な男だった」

「先にわからなかったんですか」

「小説を書いてるとはきいてた。だから今回の計画にうってつけだと思った。あとで『奈落の淵のイエス』は読んだ。どうしようもない駄作だった」

「嶋貫さんの小説の腕が、あんなていどだとは思ってなかったんですね」

「有名になったとたん、驕《おご》り高ぶる自己顕示欲の強さ、性格の悪さも露呈した。世間は岩崎盗作説を疑いだすのでは、そう思えてきた」

「だから岩崎さんが脅迫を受け、盗作を強要されたことにしたんですか？」

「接ぎ木はうまくいかないな。嘘を嘘で塗り固めようとするうち、だんだんぼろがでてくる。状況が支離滅裂になってきた」

その結果、嶋貫の口まで封じてしまった。しかも人質をとり籠城《ろうじょう》。河村はいまや凶悪犯だった。

李奈はささやいた。「ここまでする必要があったんですか」

「昌哉のためだ。あいつの名誉を回復してやりたかった」

「父親のこんな姿を見て、昌哉さんは喜ぶでしょうか」

「よせ」河村は赤く血走った目を瞬《しばたた》かせた。「きいたふうな台詞《せりふ》が思い浮かぶのは、小説家だからか？」

「文学に親しむことを、昌哉さんに教えたのはあなたでしょう。豊かな心を育てたかったのではないんですか」

「杉浦さん。早く原稿の在処《ありか》をいってくれ。俺が望むのはもうそれしかない」

ドアを叩く音がした。李奈はびくっとした。機動隊員の怒鳴り声がドア越しにきこえる。「河村、ここを開けろ！」

李奈はとっさに大声でいった。「黙ってて！」

河村が息を呑《の》む反応をしめした。ドアの向こうの機動隊も同じらしい。誰ひとり顔は見えないが、しんと静まりかえっている。

ため息が漏れる。李奈は河村に小声で告げた。「しばらくは邪魔が入りません」

「……きみは変わってる」

「あなたが原稿を読む時間は、これで確保できたはず」

「杉浦さん。原稿なんてないんだろ？」

沈黙が降りてきた。李奈は河村を見つめた。

河村の悟ったような目が見かえした。「俺を説得するために、わざとそんなふうにいった。ちがうか」

李奈は失望にとらわれた。自分の浅はかさにあきれる。大の大人をだませると思うほうがどうかしている。

たしかにそうだった。切り札などなしに乗りこんできた。それでも多少の推測は働かせていた。だから確認したかった。さっきから視界の端にとらえているものがある。ほかに可能性は感じられない。

「河村さん」李奈はきいた。『トウモロコシの粒は偶数』お読みじゃないですよね」

「すまない。まだ読んでいない」

「でしょうね」李奈は本棚に近づいた。「ここに一冊あります。版元が岩崎さんに推薦文を頼みましたから、お礼に献本がされました」

「それがどうかしたか」

「問題は……」李奈の手は下方に伸びた。本棚の最下段、何通かの封筒が挿しこんであった。

それらはいずれもダイレクトメールだった。カラフルに印刷された封筒や企業ロゴにより、一見してそうとわかる。送り主は銀行やNTT。〝親展〟と記されている。宛名《あてな》本人に開けてほしい書簡。〝親展〟はそんな意味を持つ。中身はせいぜい宣伝用のチラシだろう。

李奈は封筒の束を手にとった。「『トウモロコシの粒は偶数』に書いたんです。警察が令状を持って捜索に入っても、本人宛の手紙は勝手に開けられない。別の手続きが必要になる」

河村が歩み寄ってきた。「まさかそのなかに……」

「岩崎さんは『トウモロコシの粒は偶数』を読みました。だから知ってたんです。ダイレクトメールでも〝重要〟とあれば要確認。でも〝親展〟ぐらいなら開封されずに放置されがちなのを」

李奈がノンフィクション本の執筆を依頼され、取材を開始したのは、岩崎の失踪《しっそう》後だ。岩崎は李奈が真実を追究する立場になるとは、夢にも思わなかったにちがいない。こうして書斎に立ち入るなど、予想もせずにいただろう。

岩崎は家をでたとき、留守中に捜索されることを恐れた。しかし重要な物を持っていけば、見知らぬ犯人に奪われるかもしれない。事実として河村は原稿を入手できていない。ならやはり部屋にある。もともと岩崎の手近なところに。

封筒のうち一通が膨らんでいた。かさばった紙が封入してある。李奈はそれを開封にかかった。

数枚の折り畳まれた紙が入っていた。開いてみると原稿用紙だった。丁寧な字。一見して清書とわかる。四百字詰め原稿用紙三枚、千二百字。うち核心となるいち段落は、すぐに目に飛びこんできた。

愛する人とは父のことだ。裄人は揺るぎない思いを抱いた。ぼやけた像のすべてが、いまやくっきりと明瞭《めいりょう》になる。そうだった。父あればこそ自分がいる。この血の一滴も、心のひとかけらも、父こそが分けあたえてくれた。かけがえのない素晴らしいものを、父は裄人に受け継がせた。たとえ母がいなかろうと、嘆く必要がどこにある。

遠い過去、父がいざなってくれた文学の世界、あの無限の領域があるではないか。語りかけてくる文豪の名言は、すべて父の託したメッセージだ。本を開けば、国や時代を超越した夢想のなかで、いつでも父に会える。

李奈が手渡した原稿を、河村はひたすら耽読《たんどく》した。手が震えだしている。文面を凝視する目に、しだいに瞬《まばた》きが増えつつあった。血走っていた眼球が赤みを濃くする。涙が滲《にじ》んできたからだ。

河村は原稿を見つめたまま後ずさった。背が本棚にぶつかり、ずり落ちるように床に座りこんだ。原稿だけを手に残し、包丁は放りだした。金属音とともに跳ねた包丁は、河村から離れた場所に転がった。

静寂が長くつづいた。やがて河村はつぶやくようにいった。「ドアに駆け寄って、鍵《かぎ》を開ければいい」

そうするべきだとうながしている。だが李奈にそんな衝動は起きなかった。自分でもふしぎに思える。ドアに背を向け、李奈は本棚から自著を引き抜いた。『トウモロコシの粒は偶数』。帯がついたままだ。岩崎翔吾の推薦文を、李奈はじっと見つめた。

河村はゆっくりと腰を浮かせた。立ちあがると李奈に歩み寄ってきた。間近で河村がささやいた。「俺はもうひとつ罪を犯す」

李奈は黙っていた。本の冴《さ》えない装画。かつて希望を託したタイトル。自分の名。それらを漠然と眺めた。

やがて河村が物憂げにきいた。「ふたりも死なせた凶悪犯と一緒にいる。怖くないか」

「全然」李奈は否定した。「太宰の心情を理解し、芥川の内面に触れられたあなたが、極悪人のはずがないですよ。『羅生門』の下人にはなれない」

また静けさが包んだ。李奈は視線をあげ、河村を見つめた。河村も李奈を見かえした。神妙な顔に、ほどなく哀しげな微笑が浮かんだ。

河村が感慨深げに告げてきた。「店に来るたび、きみの成長を感じていた。空想に浸るばかりじゃなく、人と触れあうことで、本物の文学が書けるようになる。これからのきみが手がけるのは、きっと名著ばかりだろう」

「そんな」李奈は首を横に振った。「わたしなんか昌哉さんの足もとにもおよびません」

「あいつはきみを尊敬するよ。俺にはわかる」河村は李奈の手もとを指さした。「罪を犯すのは本当だ。その本を盗んでいく」

「警察に没収されますよ」

「されない。俺宛ての本なら容易に取りあげられない。手紙と同じだ。サインしてくれないか。俺の名を添えて」

李奈は唖然《あぜん》とした。「わたしに共犯を持ちかけるんですか？」

「頼むよ」河村が穏やかなまなざしを向けてきた。「いちどは通報を見送ってくれただろ？」

思わず苦笑が漏れる。こんなときに笑えるとは、我ながらあきれる。李奈はデスクを眺めた。サインペンを手にとる。

河村が肘《ひじ》掛《か》け椅子を引いた。「小説家らしく、ちゃんとデスクに向かうべきだ」

「この本、いちどもサインしたことがないんです」

「本当に？」

「誰からも求められなかったので……」

「なら記念すべき最初のサインか。嬉《うれ》しいよ」

李奈はため息をついた。肘掛け椅子におさまると、自著の表紙を開いた。見返しにサインをする。やや緊張したものの、練習したとおりに書けた。「ええと、お名前は河村幸司さん……」

「連名で昌哉も」

安らぎになぜか微量の寂しさが織り交ざる、そんな感覚があった。視野が波打ちだした。涙がこぼれそうになる。李奈は指先で目もとを拭《ぬぐ》い、ふたりの名を記した。河村幸司さん、河村昌哉さんへ。

本を河村に渡す。河村は見返しを眺め、満足そうにうなずいた。あの店ではいちども見せなかった純朴な素顔。このうえない幸せに満ちた、無邪気で屈託のない笑い。喫茶ドロテの壁に貼られた集合写真、岩崎翔吾に寄り添う河村昌哉そっくりの、喜びに満ちた表情がそこにあった。

# 解説

池上冬樹（文芸評論家）

いやあ、まさか松岡圭祐がこんなに文芸色の強い作品を書くとは思わなかった。とくに純文学作品に言及する箇所も多くて、意表をつかれる。

もともと、松岡圭祐は様々なジャンルの作品をくり出してベストセラー入りを果たしている抜群のストーリーテラーで、今年三月に『小説家になって億を稼ごう』（新潮新書）を上梓《じょうし》するほど、売れる本の極意を知り尽くしている作家である。しかもコンスタントに新作をだして、なおかつマンネリとはほど遠い。よくまあアイデアがつきないものだと感心していたら、今度は新人作家を主人公にした業界小説ときた。講談社、ＫＡＤＯＫＡＷＡ、新潮社など実際の出版社が登場し、芥川龍之介《あくたがわりゅうのすけ》や太宰治《だざいおさむ》などの近代作家から井上靖《いのうえやすし》や辻邦生《つじくにお》の隠れた名作まで言及され、さらに過去の盗作事件などにもふれて、虚実皮膜ともいうべき事実と虚構が満載の小説で、本好きにはたまらない一冊になっている。

主人公は、二十三歳のライトノベル作家・杉浦李奈《すぎうらりな》。まだ著作は三作だけで小説家を名乗れたものではないと自覚していたし、作家として執筆依頼を受け続けて書いて行けるのかも不安だった。そんな彼女のところに、雑誌の企画で、著名な大学講師で新進気鋭の小説家・岩崎翔吾《いわさきしょうご》と対談する仕事が舞い込む。岩崎翔吾もまだデビュー作を出したばかりだったが、有名な文学賞にノミネートされて、業界の注目度はナンバーワンだった。

対談のテーマは「芥川龍之介と太宰治」で、何とか無難に意見をかわすことができた。この企画が契機となり、次回作の帯に岩崎からの推薦文をもらえることになり、李奈は大喜びするのだが、新作発売直前、岩崎の新作に盗作疑惑が持ち上がり、推薦文は幻になる。盗作なんて本当だろうか。岩崎が盗作をするなんて信じられなかった。

そもそも事件そのものが不可解だった。岩崎の第二作『エレメンタリー・ドクトリン』が、それよりも六日前に刊行された無名の作家・嶋貫克樹《しまぬきかつき》の『陽射しは明日を紡ぐ』と酷似しているというのだが、不可解なのは嶋貫側が、いつ原稿を書き始め、いつ脱稿したのか、出版社がしっかりと記録を残していることだった。日付ばかりか時刻までも明記している。まるで盗作騒動が起きることを予期していたみたいに。

当事者の岩崎が行方をくらまし、ますます混沌《こんとん》としていく。李奈は出版社からの依頼もあり、事件を追及していくことになるのだが、やがて殺人事件が起きて……。

基本的にはミステリであり、二転三転して、意外な方向へと導かれるのだが、文学好きとしては、その謎解きもさることながら、まず節々に出てくる文学的言及にニヤリとする。ハイネケンの缶ビールが出てくると、日本文学のゼミ生たちは村上春樹の短篇から、夏目漱石《なつめそうせき》の『吾輩は猫である』、太宰治の『おさん』、石川啄木《いしかわたくぼく》の『雲は天才である』、田山花袋《たやまかたい》の『田舎教師』まで引用して文学談議をするのだ。これは極端な例だが、もっと簡単に、ハンドバッグの中を見たら「坂口安吾《さかぐちあんご》の部屋並みに散らかってるな」とか、病気になったら「病人には恢復《かいふく》するという楽しみがある」と寺田寅彦《てらだとらひこ》を引用したりとか、驚きの瞬間を「夢野久作《ゆめのきゅうさく》が書いた、心臓と呼吸が同時にとまる感覚とは、まさにこれかもしれない」など細かくもニヤリとする蘊蓄《うんちく》が出てくる。そのほかにも谷崎潤一郎《たにざきじゅんいちろう》、川端康成《かわばたやすなり》、吉村昭《よしむらあきら》など文学者の話を引き合いに出して登場人物たちの状況を逐一なぞらえていくのも堂にいっている。そればかりではなく、ハロルド・マズローの「欲求五段階説」を用いて作家たちの精神分析や作家と作品の関係を何回か深く論じていくのも愉《たの》しい。

こんな風に紹介すると、文芸色が強すぎる印象を与えるかもしれないが、そうではない。無理なく、さりげなく文学の豆知識をいれているといったほうがいい。衒学的《げんがく》ではあるが、それが好事家にはたまらないということをいいたいのである。とくに、いまや完全に忘れ去られている往年の盗作事件のいくつかを挿入しているのも新鮮な驚きで、ついつい本を置いて、検索をかけて事件を調べてしまうほど。

繰り返すが、本書は、あくまでも盗作事件の謎や殺人事件の謎を追及するミステリであり、後半に入ると錯綜《さくそう》していた事件が過去の不審死とつながり、あらたな局面をみせるようになる。そして次第に関係者たちの秘かな思いが前面に迫り出してきて、切ない真相があらわになるのだけれど、読ませるのはその後だろう。盗作をめぐる物語は結局どこへどう落ち着くのかと思ったら、さすがは松岡圭祐、感動的な着地を用意していた。正直言って、まさかこんな風に感動的な着地を迎えるとは思わなかった。

なるほどそうきたかという思い。文学を愛する者たちの欺瞞《ぎまん》と受難と悲劇を捉《とら》えてはいるが、最後の最後に見えてくるのは一人の女性の成長なのである。おどおどとしていたヒロインが、他者に担がれて、しぶしぶ謎を解いていく過程で、人々の様々な懊《おう》悩《のう》と孤独を見つめ、悪意をうけとめ、人生のなんたるかを理解して、それを糧に作家として新たなスタートを切ろうとする。その姿が心をうつのである。

この創作上の問題については、本書でもすでに、芥川や太宰の文学と人生との比較のうえで視野に入れられていたのだが、それ以外に二つの作品をあげて作者はさりげなくテーマを補強している。井上靖の『ある偽作家の生涯』と辻邦生の『夏の砦』である。二作とも芸術家小説といっていいだろう。前者は贋作《がんさく》を描いた画家を追及する話であり、後者は織物工芸に魅せられ渡欧して失踪《しっそう》した女性の内面をひたすら凝視する話である。

特に『夏の砦』は本書のなかでも模倣される作品として語られ、文章が美しいと人物たちが絶賛しているが、まさに思索に富む静謐《せいひつ》感みなぎる文体の稠密《ちゅうみつ》度はとびぬけている。リーダビリティ豊かなエンターテインメントとは対極にあるような純文学でけっして読みやすくはなく、むしろエンターテインメント寄りの読者には苦痛と感じるむきも多いだろう。それはゆったりとした叙述で西洋と日本、生と死、絶対的な孤独、芸術家の創作問題を掘り下げていくからで、その落ちついたテンポに慣れれば読者の内面で響きわたる文体のとりこになり、ほかの辻邦生作品（とりわけ秀作『安土往還記』、傑作『嵯峨野明月記』、大傑作『背教者ユリアヌス』）に手をのばし夢中になるだろう（高校時代の僕自身がそうだった）。

本書は、創作をテーマにしているといっていい。盗作問題を扱い、過去の事件を簡単にふれながら、先行する海外文学との関係などを芥川龍之介の作品にも言及してふれているが、根底にあるのは、業界の中で何が求められているのかという問題もさることながら、どのようにして小説を書くべきなのか、どのようにして作家として生きていくべきなのか、作家はどのような衝動をもち、それを解放しているのかなど、大きなテーマといっていい。おそらくこれは、本書と並行して書かれていたに違いない、冒頭で紹介した『小説家になって億を稼ごう』から派生した物語といえるのではないか。

本書では、作家のギャラがいかに厳しいのかを縷々《るる》語っているが、それはまだ作家として一人前になっていないヒロインを主人公にしているからである。いかに作家として自覚的に生きていくのか、いかに小説を書いていくのかが最後に語られるけれど（そしてそれは前述したように感動的であるが）、『小説家になって億を稼ごう』では、松岡圭祐自身にそってもっと夢のある話が語られる。その辺の経済的なことも興味深いが、創作の方法に関する書物としてユニークなのは、「想造」と名づけられた小説の書き方だろう。キャラクターを決め（そのときは好きな俳優の写真をはりつけろ）、どのようにキャラクター同士が対立するのかを徹底的に想像せよというのである。ひとりひとりのキャラクターを考え、どのように話を進めるのかをメモ程度にして書き込み、ひたすら壁にはられたキャラクターの写真を見つめ、物語が動き出すのをみきわめる。それでもまだ書き出すのは早いといって、さらなる脳内での検討をうながす。数多くの創作論にふれてきたが、これほど書き出すまで準備万端整えることをこまかく書いたものはない。きわめて禁欲的で、徹底的に細部を脳内でつめることをすすめているのだ。

おそらくこれが松岡圭祐の創作方法なのだろう。個人的な話になるが、山形と仙台の小説家講座の世話役を長年つとめているし、大学で創作論も教えているので、作家たちの創作方法についてはかなり詳しく知っているほうだが、この松岡圭祐の「想造」論は、人間の創造力/想像力追求という点でもっとも根源的なアプローチかもしれない。できるだけメモもとるな、書こうとするな、細部まできちんと脳内でキャラクターとストーリーを追い込めといっている。

小説の新たな書き方として講座や大学で紹介したくなるのだが、『小説家になって億を稼ごう』ではもうひとつ大事なことも書かれてある。デビュー作がヒットしなかった時の対処法だ。ハウツー本では意外と書かれない項目である。本書の8節でも「期待の新人が、受賞第一作で早くもつまずき、それっきりになる」例が語られているけれど、受賞していないデビュー作の場合はさらに深刻になる。しかし松岡圭祐は、デビュー作が売れない（評価されない）新人のケアも十二分に行う。何が問題なのかを多角的に（もちろん「想造」を基本において）捉えて成功へと導こうとするのである。これがなかなか説得力のある内容で、オリジナリティにあふれている。いささか話が『小説家になって億を稼ごう』に傾いてしまったが、本書『écriture 新人作家・杉浦李奈の推論』を読んで作家業界や創作に関心をもたれたなら（もちろん松岡圭祐の愛読者なら）、ぜひとも読まれるといいだろう。四作を書き終え、事件に遭遇した杉浦李奈が今後どのような作家生活を歩むのかも気になるところだ。異色の文芸ミステリ・シリーズの第二弾を期待したいものである。

本書は書き下ろしです。

この物語はフィクションであり、登場する個人・団体等は、現実と一切関係がありません。

# écriture《エクリチュール》　新人作家《しんじんさっか》・杉浦李奈《すぎうらりな》の推論《すいろん》

松岡圭祐《まつおかけいすけ》

令和３年 10月25日　初版発行
令和４年 10月30日　７版発行

発行者●堀内大示

発行●株式会社KADOKAWA
〒102-8177　東京都千代田区富士見2-13-3
電話　0570-002-301（ナビダイヤル）

角川文庫 22877

印刷所●株式会社KADOKAWA
製本所●株式会社KADOKAWA

表紙画●和田三造



●お問い合わせ
https://www.kadokawa.co.jp/（「お問い合わせ」へお進みください）
※内容によっては、お答えできない場合があります。
※サポートは日本国内のみとさせていただきます。
※Japanese text only


ISBN 978-4-04-112056-9　C0193

◆◇◇

# 角川文庫発刊に際して

角川源義

第二次世界大戦の敗北は、軍事力の敗北であった以上に、私たちの若い文化力の敗退であった。私たちの文化が戦争に対して如何に無力であり、単なるあだ花に過ぎなかったかを、私たちは身を以て体験し痛感した。西洋近代文化の摂取にとって、明治以後八十年の歳月は決して短かすぎたとは言えない。にもかかわらず、近代文化の伝統を確立し、自由な批判と柔軟な良識に富む文化層として自らを形成することに私たちは失敗して来た。そしてこれは、各層への文化の普及滲透を任務とする出版人の責任でもあった。

一九四五年以来、私たちは再び振出しに戻り、第一歩から踏み出すことを余儀なくされた。これは大きな不幸ではあるが、反面、これまでの混沌・未熟・歪曲の中にあった我が国の文化に秩序と確たる基礎を齎らすためには絶好の機会でもある。角川書店は、このような祖国の文化的危機にあたり、微力をも顧みず再建の礎石たるべき抱負と決意とをもって出発したが、ここに創立以来の念願を果すべく角川文庫を発刊する。これまで刊行されたあらゆる全集叢書文庫類の長所と短所とを検討し、古今東西の不朽の典籍を、良心的編集のもとに、廉価に、そして書架にふさわしい美本として、多くのひとびとに提供しようとする。しかし私たちは徒らに百科全書的な知識のジレッタントを作ることを目的とせず、あくまで祖国の文化に秩序と再建への道を示し、この文庫を角川書店の栄ある事業として、今後永久に継続発展せしめ、学芸と教養との殿堂として大成せんことを期したい。多くの読書子の愛情ある忠言と支持とによって、この希望と抱負とを完遂せしめられんことを願う。

一九四九年五月三日

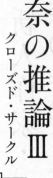

# 角川文庫ベストセラー

クラシックシリーズ
千里眼完全版　全十二巻　松岡圭祐

戦うカウンセラー、岬美由紀の活躍の原点を描く『千里眼』シリーズが、大幅な加筆修正を得て角川文庫で生まれ変わった。完全書き下ろしの巻まである、究極のエディション。旧シリーズの完全版を手に入れろ!!

千里眼
The Start　松岡圭祐

トラウマは本当に人の人生を左右するのか。両親との辛い別れの思い出を胸に秘め、航空機爆破計画に立ち向かう岬美由紀。その心の声が初めて描かれる。シリーズ600万部を超える超弩級エンタテインメント!

千里眼
ファントム・クォーター　松岡圭祐

消えるマントの実現となる恐るべき機能を持つ繊維の開発が進んでいた。一方、千里眼の能力を必要としていたロシアンマフィアに誘拐された美由紀が目を開くと、そこは幻影の地区と呼ばれる奇妙な街角だった――。

千里眼の水晶体　松岡圭祐

高温でなければ活性化しないはずの旧日本軍の生物化学兵器。折からの気候温暖化によって、このウィルスが暴れ出した! 感染した親友を救うために、岬美由紀はワクチンを入手すべくF15の操縦桿を握る。

千里眼
ミッドタウンタワーの迷宮　松岡圭祐

六本木に新しくお目見えした東京ミッドタウンを舞台に繰り広げられるスパイ情報戦。巧妙な罠に陥り千里眼の能力を奪われ、ズタズタにされた岬美由紀、絶体絶命のピンチ! 新シリーズ書き下ろし第4弾!

# 角川文庫ベストセラー

## 千里眼の教室
松岡圭祐

我が高校国は独立を宣言し、主権を無視する日本国へは生徒の粛清をもって対抗する。前代未聞の宣言の裏に隠された真実に岬美由紀が迫る。いじめ・教育から心の問題までを深く抉り出す渾身の書き下ろし！

## 千里眼 堕天使のメモリー
松岡圭祐

『千里眼の水晶体』で死線を超えて蘇ったあの女が東京の街を駆け抜ける！　メフィスト・コンサルティングの仕掛ける罠を前に岬美由紀は人間の愛と尊厳を守り抜けるか!?　新シリーズ書き下ろし第6弾！

## 千里眼 美由紀の正体 (上)(下)
松岡圭祐

親友のストーカー事件を調べていた岬美由紀は、それが大きな組織犯罪の一端であることを突き止める。しかし彼女のとったある行動が次第に周囲に不信感を与え始めていた。美由紀の過去の謎に迫る！

## 千里眼 シンガポール・フライヤー (上)(下)
松岡圭祐

世界中を震撼させた謎のステルス機・アンノウン・シグマの出現と新種の鳥インフルエンザの大流行。一見関係のない事件に隠された陰謀に岬美由紀が挑む。F1レース上で繰り広げられる猛スピードアクション！

## 千里眼 優しい悪魔 (上)(下)
松岡圭祐

スマトラ島地震のショックで記憶を失った姉の、莫大な財産の独占を目論む弟。メフィスト・コンサルティングのダビデが記憶の回復と引き替えに出した悪魔の契約とは？　ダビデの隠された日々が、明かされる！

# 角川文庫ベストセラー

千里眼
キネシクス・アイ　（上）（下）
松岡圭祐

突如、暴風とゲリラ豪雨に襲われる能登半島。災害はノン＝クオリアが放った降雨弾が原因だった!! 無人ステルス機に立ち向かう美由紀だが、なぜかすべての行動を読まれてしまう……美由紀、絶体絶命の危機!!

千里眼の復活
松岡圭祐

航空自衛隊百里基地から最新鋭戦闘機が奪い去られた。在日米軍基地からも同型機が姿を消していることが判明。岬美由紀はメフィスト・コンサルティングの関与を疑うが……不朽の人気シリーズ、復活！

千里眼　ノン＝クオリアの終焉
松岡圭祐

最新鋭戦闘機の奪取事件により未曾有の被害に見舞われた日本。焦土と化した東京に、メフィスト・コンサルティング・グループと敵対するノン＝クオリアの影が……各人の思惑は？　岬美由紀は何を思うのか⁉

万能鑑定士Qの事件簿
（全12巻）
松岡圭祐

23歳、凜田莉子の事務所の看板に刻まれるのは「万能鑑定士Q」。喜怒哀楽を伴う記憶術で広範囲な知識を有す莉子は、瞬時に万物の真価・真贋・真相を見破る！　日本を変える頭脳派新ヒロイン誕生!!

高校事変
松岡圭祐

武蔵小杉高校に通う優莉結衣は、平成最大のテロ事件を起こした主犯格の次女。この学校を突然、総理大臣が訪問することに。そこに武装勢力が侵入。結衣は、化学や銃器の知識や機転で武装勢力と対峙していく。

# 角川文庫ベストセラー

## 高校事変 II

松岡圭祐

女子高生の結衣は、大規模テロ事件を起こし死刑になった男の次女。ある日、結衣と同じ養護施設の女子高生が行方不明に。彼女の妹に懇願された結衣が調査を進めると暗躍するJKビジネスと巨悪にたどり着く。

## 高校事変 III

松岡圭祐

平成最悪のテロリストを父に持つ優莉結衣を武装集団が拉致。結衣が目覚めると熱帯林の奥地にある奇妙な〈学校村落〉に身を置いていた。この施設の目的は？日本社会の「闇」を暴くバイオレンス文学第3弾！

## 高校事変 IV

松岡圭祐

中学生たちを乗せたバスが転落事故を起こした。過酷な幼少期をともに生き抜いた弟の名誉のため、優莉結衣は半グレ集団のアジトに乗り込む。恐怖と暴力が支配する夜の校舎で命をかけた戦いが始まった。

## 高校事変 V

松岡圭祐

優莉結衣は、武蔵小杉高校の級友で唯一心を通わせた濱林澪から助けを求められる。非常手段をも辞さない公安警察と、秩序再編をもくろむ半グレ組織。新たな戦闘のさなか結衣はあまりにも意外な敵と遭遇する。

## 高校事変 VI

松岡圭祐

クラスメイトからいじめの標的にされた結衣は、修学旅行中にホテルを飛び出した。沖縄の闇社会を牛耳る反社会勢力と、規律を失い暴走する民間軍事会社。いつしか結衣は巨大な抗争の中心に投げ出されていた。